どくとるマンボウ追想記

Morio
KitA

北杜夫

P+D BOOKS
小学館

目次

第一章　はじめての記憶

覚えていない。おどろくほど何も覚えていない。遙かに霞んだ遠いむかし――すべては淡々しい霧の帳《とばり》の中に薄れている。それが記憶というものの本質とはいえ、なにかうら寂しい思いがする。

私の最初の記憶は、丈よりも高く生い茂った雑草のつらなりである。草の先のほうには小さな花がついている。まわりに白い花瓣があり、中心は黄色い。その無数の花は、私の顔の高さか、あるいは頭の上にある。そういう小花をつけた雑草が見渡すかぎりつづいている。幼児の目には、それが海のような涯しのない広がりをもって見える。

あとからの知識と考えあわせれば、それはヒメムカシヨモギという雑草であった。北米の原産で、明治の頃渡来したため明治草ともいわれ、また鉄道の線路ぞいに伝播したため鉄道草とも呼ばれた。生命力が強く、焼跡などの空地に真先に繁茂してくる。私の家は病院ともども大正末期に失火で焼けた。そのあとにこの草が繁茂していたのである。

ともかく、びっしりと繁茂したヒメムカシヨモギの間の道で私は遊んでいる。そうすると、雑草の海をへだてて、もう一本の道が平行につづいていて、そこを誰かが歩いている。白い服を着た女の人らしいが、病院の看護婦なのかどうかも定かではない。ヒメムカシヨモギの丈は高く、普通に歩いているとその姿は見えない。のびあがると、雑草の葉と小花ごしにその白い姿が見える。ヒメムカシヨモギの間の道のむこうには、病院の平たい家屋が這いつくばっているように低くつづいている。

その病院は、火難後のバラック建築のもののはずだが、単に低い家屋があるというふうにしか記憶に残っていない。

その前にあった私の祖父が建てた病院は、外国の宮殿まがいに七つの塔と数十本の円柱が林立していた由だ。といっても実は木造建築で、表面にだけ石が貼りつけてあったのである。それでも残っている写真を見ると堂々としたもので、とても石を貼りつけたものとは見えない。

祖父は「楡家の人びと」のモデルとして書いたとおり、政治なんぞにも手を出し、見栄坊で、調子がよく、口先のうまいハッタリ屋であったようだ。代議士に一度なり、そのあとは落選し、しまいに市会議員、町会議員にまで出馬して落選した。しかし臨床医としての腕前は確かであったらしく、その以前浅草の流行医として繁昌し、やがて青山の地に一見宮殿のような病院を建てた。

そして、それは精神病院であった。精神病院という名称は近代的なもので、つまり脳病院、気ちがい病院、瘋癲《ふうてん》病院であった。世間からは異様な目で見られるし、そこに生れた子供たちもなにがしかの負目をもつように思われる時代のことである。

かつて私の父——茂吉という歌人であった——は、

かの岡に瘋癲院のたちたるは邪宗来より悲しかるらむ

と、うたった。

だが、その病院は大正十四年の暮、恒例の餅つきのあとの火の不始末のために全焼した。私の知っているのは、そのあとに建てられた貧弱なバラックの病院である。祖父は私の生れた翌年に死んだ。従って、私は祖父のおもかげをまったく知らない。

ともあれ、焼跡の敷地の隅にこれも焼残りの自宅があり、ずっとむこうに貧弱な病院があり、その間は一面にヒメムカシヨモギの群落で埋めつくされていたらしい。もっと大きくなってから、この植物は更に私になじみぶかいものとなったが、いま覚えているもっとも古い記憶は、海のように広がるヒメムカシヨモギのつらなりと、そのむこうにちらちらする白い服を着た看護婦らしい人影なのである。

もう一つの記憶。階段の中途に腰かけて私はじっとしている。その階段はかなりの勾配で、黒ずんだ赤い絨氈が敷いてあり、窓がないため昼間でも電気をつけないと極めて薄暗い。その段の一つに小さな私は腰をかけ、息をひそめている。薄暗い。なんのために息をひそめているのかはわからないが、一人ぽっちで限りなくじっとしている。いくらか怕いような気分である。手で下に敷いてある絨氈にさわる。柔かなざらざらした手触りがする。そのまま、なおじっと息をひそめている……。

これが、私の幼少期における唯一の、後年、文学などにかかずらうようになった面影であった。

のちに小学生になってから、父のところに弟子たちがきて歌の添削などをやっていたとき、姉や私は和歌や俳句をつくって父に見せた。私の句。

「コオロギがコロコロと鳴く秋の夜」

父はおもしろ半分にそれを見たが、べつに何にも言わなかった。これでは添削しようにも不可能であったからにちがいない。

ともあれ、その薄暗い部屋を昇った二階が、幼い子供たちとは関係ない父母の部屋々々となっていた。正面が私と十一歳違う兄の和室で、右手が母の部屋である。いずれも和室だったが、母の部屋は絨氈が敷かれたりして、いささか洋風にしつらえてあった。

私は幼少期の体験を、もちろんフィクションをまじえてだが、長編「幽霊」や「楡家の人びと」にかなりくわしく書いている。それで多少重複することになるのをお許し願うとして（この文章にはフィクションはない）、母の部屋で私がもっとも誘《ひ》かれたものは化粧台であった。

その中央の大引出しを開けると、香水やローションなどが並んでいて、なかでも可愛いゴム球のついた香水吹きなどはもの珍しかった。そのうえ、そこにはダイヤモンドや真珠の――と私はずっと信じていた――腕輪や首飾りが無造作におかれていて、まさしく宝物の宝庫といってもよかった。糸が切れて、カットされたダイヤの粒がころがっていたりした。

そのダイヤや真珠が実は模造品であったことを、私はずっと後年になって知った。

しかし、母がかなりの本物のダイヤモンドを所有していたことも事実である。太平洋戦争も形勢がおかしくなったころ、政府が民間人からダイヤを供出させたことがある。兵器をつくるのに必要だというのだ。母はてきぱきとものを選ぶ決断の早い女だったから、自分の所有するダイヤをすべて即日、供出してしまった。

ダイヤの供出運動は、しかしはかばかしくなかった。そこでそれをうながすため、朝日の記者が三越のダイヤ供出本部に調べにいった。すると、その時点でいちばん量の多かったのが三井の総本家で、その次がずっと桁ちがいに少ないとはいえ、母であった。そのことは当時の新聞に出た。

戦後の二、三年、私の家は戦災にはあったし、預金も封鎖されてしまうし、かなり苦労した。いま兄が医院をひらいている四谷の土地を買うとき、青山の焼跡やそのころ住んでいた代田の家を売ってもとても足りず、母は独断でI書店から莫大な借金をした。

当時、腹をすかしていた私は、結局はただ蔵《しま》われていただけで、のちにまた民間に売り出さ

れたりしたダイヤの一件が口惜しくて、

「せめて、一粒くらい残しておけばよかったのに」

と、母に愚痴を言ったことがある。

「済んだことは仕方ないじゃないの」

母はけろりとして言った。

とにかく、幼いころの私は、母の化粧台の引出しにごろごろしている硝子細工の贋の大粒のダイヤを見て、家《うち》はずいぶんお金持なんだなあと思ったことは事実である。

そのころは、病院の再建も順調に行っていて、殊に世田谷の梅ヶ丘につくった新病院（私の子供のころからそちらが本院になっていた）が発展し、私の家はまあ中産階級の上といったところであったろう。しかし母のダイヤは、祖父が大病院を有していたころに買ってもらったのが大部分だったと思われる。


さて、階段を昇って左へ折れた突き当りが、父の部屋、書斎、書庫をかねた部屋であった。そこにはちょっとした古本屋を上まわる本が貯蔵されていた。

部屋自体からして、天井がたいへん高かった。四方の壁際には作りつけの本棚があって、上の方の本は高くて手がとどかぬから、移動できる梯子が作りつけてあった。

室内の中央も、ずらりと高い本棚が林立し、人はその間を横向きになって通らねばならなかった。それでも足りずに、床のうえに積み重ねられている本もずいぶんと多かった。

部屋の片側に、鉄製のベッドがひとつ置かれ、ここが父の寝る場所、或いは昼寝をする場所であった。一風変ったところは、冬でも白い汚れた色の蚊帳が吊ってあったことである。父は晩年、山形の大石田に疎開したが、ここでも季節を問わず蚊帳を吊り放しにしていた。蚊帳のなかのほうが、「籠った」感じで、気持が落ち着くのであろう。「引き籠る」のは父の性分であった。

なおこの部屋は床が板張りで、ねずみ色の絨氈が敷かれていたと思う。戸は洋式のドアであった。そしていちばん奥のどんづまりに、畳が二畳だけ敷かれ、さして大きからぬ和机が置いてあり、ここで父は仕事をした。

本の話に戻れば、母の部屋の隣の八畳の間にも本棚が林立していたし、そこから更に先へ行って、もう一つの木の階段があったが、この階段にもぎっしり本が積まれてあったし、その下のもう一つのトイレットの中にまで本棚があったし、客間の床の間の両側にも本棚が作られていた。床の間や便所の中にまで本棚のある家はそうそうはあるまい。

そうした尨大な本に対して、幼い私がどういう反応を呈したかというと、畏怖という感情がいちばん近かったろう。むずかしい本が多かったことも事実だが、それだけ莫大な量だと、なにか本の群に圧倒されて、おいそれと近づけないという感じであった。

それゆえ、私は小学校にはいってからも、「少年倶楽部」などの子供雑誌をのぞいて、おどろくほど本をよんでいない。また父も、自分の勉強にかまけて、「本をよめ」ということは一切言わなかった。むしろ学校の勉強に害があるというので、他の本をよむことを禁じるほどであった。この点、私は不幸であったと思う。

絨氈の敷かれた薄暗い階段の下は三畳ほどの小部屋になっていて、ここに電話器が壁にとりつけられていた。電話といっても今の電話とはほど遠い。まず受話器を外して、それから電話器の右手についている把手をぐるぐるとまわす。すると交換手が出てくる。そこで、

「三十一の四百六十八番を願います」

と頼むのだ。

これは子供にとってはなかなかむずかしい、或いは恥ずかしいことで、私が自分で電話をかけられるようになったのはかなり後年になってのことだったと記憶する。

電話といえば、もう七、八年まえのことになろうか、アメリカのワシントンで、三週間ものあいだ、真夜中に電話のベルで起された人が続出し、あまりうるさいので警察に調査を頼んだ。警察は犯人を逮捕したが、それは一匹の猿であった。その主人は仕事で夜おそく帰る。そのあいだに猿が電話器をイタズラしていたのだ。むかしの電話なら、こうした事件も起らなかったであろう。

私には兄、姉、妹が一人ずついた。そのうち姉と妹はいまこの世にいない。兄は十一歳年上だったから遊び相手にはならなかったが、姉と妹はそれぞれ二歳違いで格好な遊び相手だった。そのうえ、ほぼ同年齢の——一人はかなり年下だったが——従兄弟が三人いた。

彼らが遊びにくるときが私の最大の愉しみといえた。正月なら、スゴロクをやる。むかしの家の暖房は、火鉢かせいぜい行火《あんか》くらいであった。私の家には炬燵がなかった。それでも、冬のさ中に汗をかくほど夢中でサイコロをふった。「上り」のすぐ手前まできているのに、なかなかその目が出ない。

従兄はそういうとき、サイコロを手で握って、

「チチンプイプイ」

と祈ったものだ。

また、私たちの寝るところになっている七畳半の部屋で、「鬼さんこちら」をやった。そういうとき、私は立っていないでぴたりと壁際に横になり、鬼をはぐらかす方法を発明した。目隠をした鬼は手を前方にさしのべて追ってくるから、足が必然的にうしろになり、その足にぶつかって捕えられるということは意外に少ないのである。

また、「幽霊」のなかに描写した、応接間を完全に真暗にしておいて、そのなかで鬼ごっこと隠れん坊を合せたような遊びをやった。あのころの忘我の昂奮、動悸を未だに私は思いだす。

そして、それを神話の金の時代だとどうしても思うのである。

従兄弟たちが泊ってゆくこととなると、七畳半の部屋にずらりと布団を敷いて一緒に寝た。しかしそれまでの遊びの昂奮が覚めず、布団にもぐって突つきあったり、夜ふけるまでなかなか寝つかれなかったものだ。そういうとき、古くからいる婆や（松田の婆やと私たちは呼んでいたが、つまり「楡家の人びと」に登場する下田の婆やである）が、でっぷりと肥満した体を現わして、私たちを叱りつけるのだった。だが、あくまで優しさをこめて、である。

ふだん、私は松田の婆やと一緒の布団に寝た。彼女は兄、姉と母親代りに育ててきて、そのころは私がその溺愛の対象となっていた。私はよくおねしょをした。彼女はよく注意していて、真夜中、朦朧とした私を起し、枕元においてある硝子製のしびんで私に用を足させた。

私の家の男の子たちは、伝統的に小学校の末までおねしょをした。その伝統の基盤になったのは父である。父は山形県の田舎から上京して祖父の養子になったのだが、この秀才はなんと中学生になってからもおねしょをしたという。

当時の他の遊びについて記すなら、たとえばいろはガルタであり、紙の模型飛行機であり、また姉や妹だけと遊ぶときには、私は女の遊びであるお手玉や綾取りをした。

また、ふしぎな歌もうたった。たとえば私の名、宗吉をからかうときには、

宗ちゃんソがつくソン左衛門
ソン公のソンぶくれ
ソンかーけて、ソンちょこソンちょこ

などとうたわれた。

なお、いろはガルタについては、山路閑古氏によれば、漱石におもしろい挿話がある。彼は子供といろはガルタをやった。いわばおはこの得意札が二つあって、それは「あたまかくして尻かくさず」と「屁をひって尻すぼめ」であった。漱石はいつもこの二枚を膝のまえに並べて睨んでいるのだが、たいていは子供に抜かれてしまった。これはわざと子供に取らして、子供を喜ばせるためであったという。漱石はふだんは気むずかし屋の権化であったが、そういう優しい一面もあった。これは私の父も一面似ている。

そのうちに私も幼稚園生になる年齢に達した。現代のごとく、よい幼稚園に入るために受験戦争のある時代ではない。幼稚園は入学する児童が少なくてピイピイしていた。そのため、四月の入学期が迫ると、近くの南町幼稚園の園長先生が菓子折を持って私の家にも挨拶にきた。

しかし、私は菓子だけ食べて、幼稚園に行くことは断乎としてしなかった。

私の兄もかつて幼稚園に行くのが嫌いで、さんざん泣いて家人を手こずらせたという。私もその伝統をくんだわけだ。父も母もそれぞれに自分のことに忙しく、無理に私を幼稚園には入れなかった。

当時の幼稚園でも、片仮名でイロハニホヘトくらいのことは教えていたらしい。幼稚園に行かなかった私は、小学校へ行くまでそれさえも——おそらく自分の名くらいを除いて——覚えなかった。

その代り、一人の書生が、

「坊ちゃんには日本でいちばんむずかしい字を教えてやる」

と言い、壽という漢字を書いてみせた。コトブキはべつにいちばんむずかしい字ではない。それでも私は、夢中になってそれを真似し、ついに覚えこみ、ずいぶんと得意であった。

幼稚園に行かなかったことを私は少しも後悔していないし、その当時にあってはむしろよかったように思う。なぜなら、いざ小学校へはいって、「サイタ サイタ サクラガサイタ」という教科書を習わされたとき、それは私にとって未知で新鮮であったから、私は勉強した。そんな片仮名はとうに知っている者は馬鹿にして、やがて教程がすすむにつれ、かえって遅れるようになった。そうした例をもう一件、私は知っている。中学にはいったとき、同級に混血の少年がいた。英語が少ししゃべれる。そこで、やさしい教科書をよう勉強しようとせず、そのうち、英語でも劣等生になった。

私の通った小学校は青南小学校であった。今ではたいそうな名門で、なかなか入学できぬらしい。しかし、私のはいったころは、志望者はほとんど入学できた。だが、先日、小学校友だちの友人に訊いてみたところ、当時から越境入学がかなりあったという。そういう連中は、たとえば穏田《おんでん》小学校の生徒などから、「青南学校、いい学校。はいってみたらボロ学校」と冷やかされたり野次られたりしたそうだ。

その最初の授業の日、私は恥をかいた。担任の教師――福岡先生という温厚な少し年配の先生であった――は、まず一般的な注意事項を話して、それから、

「道はどちら側を通るか、知ってる人は手をあげて」

と言った。

すべての生徒が手をあげた。そこで私はのびあがって手をあげ、指名されたが、ぜんぜん答えられなかった。

このことは「楡家の人びと」のなかで、周二が母親の竜子から、「なんでも手をあげなさい」と注意されたとあるが、実際に私にそう教えたのは父である。父は、私の内気な性格を案じ、

「みんなに負けずにどんどん手をあげろ。知らないことでも手をあげろ」

と、乱暴な教示を垂れたのである。

次に先生は、生徒たちに絵を描かせた。

父も兄も絵がうまかった。私もその素質を継いで、絵にはいささか自信があった。私は先生に讃められるような絵を描き、さきほどの失態を取り戻すつもりだった。

ところが周囲を見ると、みんな色鉛筆やクレヨンを持っていて、色のついた絵を描きはじめている。私はそれらを持っていなかった。それで四Bの濃い鉛筆で、一台の飛行機、兄から教わっていた九一式戦闘機の絵を描きだした。

胴体を丸く見せるため陰影をつけることを、すでに私は知っていた。ところがあまり入念にそれをしたためと、四Bの鉛筆のため、なんだか全体が真黒になってしまった。

机のあいだを歩いて生徒たちの絵を視察していた先生が、私のそばに立ち止り、

「それは何かね？　ああ、飛行機だね」

と言ったとき、私はかなりの侮蔑を受けたように感じた。

やがて絵が集められ、先生は一枚の画用紙をみんなに示した。そこには単なる楕円型が描かれていた。

「これは卵です。そして、これが」

と、もう一枚そっくりの絵を示し、

「これは隣の生徒がそれを真似たものです」

それから先生が、何枚か、うまいと思われる絵を示した。そのなかには、むろん私の飛行機の絵は含まれておらず、私はなぜとなく先生に不信の念さえ抱いた。

しかし、それからまもなくの図画の時間、私たちは自由画を描かされたが、私はそのときはちゃんとクレヨンを持っていて、海のうえの小島を描いた。私は兄に教えられていたから、色をまぜることをとうに知っていた。それで、海の色も小島の樹林の色も、何色ものクレヨンをまぜて描いた。すると、図画の教師と共に教室をまわっていた福岡先生が、私のそばに立ち止り、図画の先生にむかって、

「いい色を出しますねえ」

と言った。

福岡先生に対する私の不信の念は、このとき一遍に去った。小さい子供が学校や先生から受ける影響は、このごとく実に微妙なものなのであろう。

さて、私は話を急ぎすぎたようだ。あの遙かなむかし、もっと書き記しておくべきことはなかったろうか。

あった、あった。それは出羽嶽文治郎、通称文ちゃんといわれる角力とりのことである。日本一背の高い（正確には二番目）力士として人気があった。

彼もまた、祖父が郷里の山形から小学生のとき連れてきて、実際の戸籍はべつだが、世間体には養子のようにして育てられた男である。祖父はもちろん角力とりにするつもりだったが、彼は最後までそれを嫌がった。結局は出羽ノ海部屋に入り、最盛期には関脇にまでなった。「楡家の人びと」のなかでは蔵王山として描写されている。

その出羽嶽は、ときどき父のところへやってきた。私が小学校へあがるまえからその記憶がある。そのころ、私は出羽嶽がこわくてたまらなかった。なにしろ常識を外れた巨体だし、ほそ長い顔も頤がとりわけ長く怪異な容貌といってよかったし、ぼそぼそとした異様な声で話したからだ。

外から戻ってきて、玄関の三和土《たたき》のうえに、草履屋の看板のような大草履を見出すと、もう私の胸は早鐘のように波打った。ときにはそのまま泣きだしてしまうことさえあった。

父の随筆に、そうした私のことを書いたものがある。

「出羽嶽は東京に居るうちは時々私の家に遊びに来た。小言などを言ふとそれでも苦い顔をして聴くまでになつたと謂つていいが時には単純な論理の分疏などもすることがあつた。私の次男に宗吉といふのがゐる。昭和五年にとつて四歳（数へ年）になつた。この子は出羽嶽の顔を見るといつも大ごゑを揚げて泣いた。

昭和五年一月某日、出羽嶽は突然玄関からはいつて来た。するとそれを一目見た男の子は大声に泣叫んで逃げた。畳を一直線に走つて次の間のを直角に折れて左に曲つて、洗面所と便所の隅に身を隠すやうにして泣いてゐる。ある限りの声を張りあげるので他人が聞いたらば何事が起つたか知らんとおもふほどである。

狭い部屋に出羽嶽はもてあますやうに体を置いて、相撲の話を別にせず蜜柑などを食つてゐると、からかみが一寸明いて、

『無礼者！』

と叫んで逃げて行く音がする。これは童が出羽嶽に対つて威嚇を蒙つたその復讐と突撃とに来たのである。突然のこの行為に皆が驚いてゐると、童が泣きじやくりながら又やつて来た。唐紙障子を一寸またあけて、

『無礼者！　無礼者！』と云つた。

今度は二度いつて駈けて行つた。この『無礼者！』では皆が大いに笑つたが、幼童は出羽嶽の威嚇にあつて残念で堪らず、号泣してゐる間にこの復讐の方法を思ひついたものらしい。」

父は「無礼者」という言葉を、私が婆やなどから読んでもらった「スケさんカクさん」の講談から由来したものと空想している。しかし、私にはその記憶がない。

ただ、この私の「無礼者」は現在の中年も越えそうな年代に至るまでつづいているのだ。少し躁病がかっているとき、私は外国で立腹したとき、非常にしばしばこの「ブレイモノ！」を使用する。「バカ」というと外国でも意が通じてしまうが、「ブレイモノ」の意まではわからない。しかし、この語感がかなりの威圧をもつらしく、暴利をふっかけようとしたタクシーの運転手や、あくどいエジプトの物売りなども、この一言でたいていひっこんでしまう。

巨大な出羽嶽がこわくて、復讐の意から泣きじゃくりながら「無礼者！」と言ったらしいが、後年、あんがいとこれが役に立っているのである。

第二章　出生などについて

むかしは現代とちがい、あちこちに空地、つまり原っぱがあった。

私の家の病院――これは私の少年時代、建て直されて近代的なかなりモダンなものとなった――の隣がすでに広い原っぱで、青山墓地のつづきである立山墓地に接していた。近所では「脳病院の原っぱ」と呼ばれた。

また家の反対側にも道をはさんで二つの空地があった。これは私の生れぬ大正時代にはもっと大きく、「楡家の人びと」のなかでは元《もと》ノ原と記されているが、本《もと》ノ原のほうが正しいという人もいる。

これらの雑草の生い茂った、或いは土の露出した空地の思い出はよほど強烈であったにちがいなく、私は「幽霊」や「楡家」のなかで、繰返しその印象を描写している。

まず夏で愉しいのは虫とりである。赤トンボの大群が、それこそ空一杯になるまで飛びかっていた。だが、子供たちのお目当てはそんな平凡なナツアカネやアキアカネではなく、大きなヤンマ、ギンとチャンであった。ちなみにこれは別種ではなく、同じギンヤンマの雄と雌である。ギンヤンマは夕方に現れ、蚊を追ってすばやく飛翔する。捕虫網ではとどかない場合が多いので、これを捕獲するにはもっぱらモチ竿が用いられた。このモチ竿が文字どおり林立する。しかも、みんながそれぞれ竿の先端をふるわせてヤンマを追っかけるのだから、ぶつかったり、モチがくっつきあったりして、まさしく戦争のごとき騒ぎになるのだった。

幼いとき、私はこの騒ぎに加われず、捕虫網で赤トンボくらいを追いながら、横目で羨ましげに大きな少年の活躍ぶりを眺めていたものだ。

次に虫とりとして魅力があったのは、東京の方言でオオトと呼ばれる、でっかいトノサマバッタであった。このバッタの飛翔力は相当のもので、ときには百メートルを超し、原っぱの端から端までを飛んだ。従って、飛びたつまえに捕虫網に入れねばならぬ。なかんずく素手で捕えるには、息を殺して近寄らねばならなかった。

冬での最大の行事は、むろん凧あげであったろう。子供ばかりか、大の大人までそれぞれの凧を持って集まってきた。ヤッコ凧などをひっぱって駈けているのはほんの幼い子供で、大きな子供や大人たちはずいぶんと大きな凧を、悠然と谷間を越した遙か彼方の高空にまであげていた。しかし、いったん風がなくなって凧が落ちかかると、彼らは死物狂いで糸をたぐった。そのさまにもなんだか戦争のような慌しさと気魄がこもっていた。

とにかく、むかしの原っぱでは、戦争のごとき迫力のある遊びができたことは確かである。その点、現代の子供たちは不幸だ。

凧といえば、もう十何年まえ、私はホノルルのダウン・タウンで、中国人が凧をあげているのを見たことがある。今は区画整理ですっかり変ってしまったが、当時のダウン・タウンはごみごみとしていて、中国人街の色彩も雑多で、かえってワイキキなどよりも一種の情緒があった。小林ホテルのまえにかなりの空地があり、そこで中国人が凧あげをしていたのである。

その凧は、およそ私の見たことがない、四角い箱型をしていた（ヨーロッパの凧もそんな形をしている）。どうしてあんなものが空に浮ぶのかわからないが、とにかくその凧は高空に悠々と浮遊していた。さして風もない日なのに、一向に落ちてもこなかった。凧をあげている中国人のほうも、ときどきわずかに糸をひっぱったりゆるめたりするくらいで、これまたごく悠然としている。私は四時間ばかり他の場所を見物して戻ってきた。すると、時間の経過がまったくなかったかのように、凧も中国人もそっくり元のままでいた。このとき私は、中国人というものはやはりどこか大人《たいじん》だな、となにかしら思ったものである。

しかしながら、その愉しいことの一杯あった原っぱも、大人のいる冬の凧あげのときを例外として、暮れかかるころから急にがらんとした。もちろん夕食に帰るというのが理由だが、早く子供たちを戻らせようとする家人が、子供にむかって、

「原っぱには人さらいが出るから、暗くならないうちにお帰り」

と、おどかしたためもある。

その人さらいを、私たちは実際に見た。本当のところ、それは原っぱの隅に捨てられた屑から空罐などを拾うバタ屋であった。彼らは背中に竹籠をしょっていて、金属の手ばさみでひょいひょいと空罐を背中の籠に入れていた。だが、子供たちが信じたところによると、それは見せかけで、彼らは隙を見て幼い子供を摑まえ、背中の籠に入れて連れ去り、曲馬団に売るという話だった。

それゆえ、原っぱは魅力にあふれた場所だったが、反面おそろしい場所でもあったのだ。これが墓地となるとなおいっそう。立山墓地も青山墓地も、私は幼年期には一人ではとてもはいって行けなかった。

いま、その青山墓地のなかに父の墓がある。その「茂吉之墓」の文字も、戒名も、父はとうに五十歳台に考えて決めて自署しておいたものだ。墓石までもつくらせた。

そして、父の墓からさして遠からぬ場所に、別人の「斎藤茂吉之墓」がある。父は以前からそれを見つけ、おもしろがって随筆に書いたりした。兄も父の墓参ついでにしばしばその墓にも寄るという。すると、よく花が供えられたりしているそうだが、なかには間違えて父の墓のつもりで供えた人もいそうである。

私はこの文章を書きだすとき、せめて出だしだけでも偉そうに、堂々として書きたかった。

たとえば、ゲーテは「詩と真実」の冒頭を、次のような文章ではじめている。

「一七四九年八月二十八日正午、十二時の鐘が鳴るとともに、私はフランクフルト・アム・マインでこの世に生をうけた。星の位置は吉兆を示していた。太陽は処女宮の位置にあり、その年の頂天に達していた。木星と金星とは太陽を親しげに見ていた。水星もさからわず、土星と火星は無関心の態度をとっていた。ただ、ちょうど満月になっていた月が、同時に遊星時にはいったところだっただけに、逆衝の力をはたらかせた。それで月は私の出生に反対したので、その時刻が過ぎるまでは、私は生れ出ることができなかった」（高橋健二氏訳）

さすが大文豪の出生、空の天体までがすべてこの赤子の誕生に目をむけていたのである。

私も真似をしてみようとした。太陽や月や、木星やら金星やら土星らがどのような関心を示したかはわからぬことだったが、せめて昭和二年五月一日の何時ごろに生れたかを知りたいと思った。

私は母に電話をした。

「ぼくは赤十字病院で生れたってことは知ってるが、一体何時ごろの出産だったんですか」

母は言下にこたえた。

「さあねえ、そんな古いこと覚えてないわよ」

「覚えてないって、昼だったか夜だったかくらいは覚えてるでしょ」

「それがねえ、わからないわ。そう、ぜんぜん覚えていないわ」

「ひどいなあ。誰か知ってる人、いないかな?」

「もういませんよ。これは永久にわからないわね」

次に母に会ったとき、私は日赤病院にカルテが残っているかどうか調べる方法はないかと口走った。すると、母が言うには、それなら頼んでみる手段はあるというのである。母は毎年、日本赤十字に寄付をしているので、その方面から頼んでみましょうと言って帰っていった。しかし、一般に公立病院でカルテを保存しているのは五年から二十年間くらいのものである。まず絶望的だと私は思った。

ところで、私はもっと身近な肝腎なことを忘れていたのだ。茂吉全集にのっている父の日記類のことを忘れていた。それは私の書斎の次の間にずらりと並んでいたのに。そこで、さっそくそれを調べてみると、幸いにも時間が記されてあった。

父の日記の抜萃。

「四月三十日。

輝子(母の名)ハみしんナドカケ居リ『ハヤク生レレバヨイ』ナド、云ヒ居ル」

「五月一日。

午前ヨリ輝子陣痛ノ気味アリ、直グ自動車ニテ赤十字病院ノ産院ニ行キ、十時頃男児安産ス」

更に五月六日付けの中村憲吉氏宛書簡には、

「妻、五月一日男児分娩、赤十字の産院に居り候、祝は来年にいたすつもりに候、百穂画伯の御考にて『宗吉』と大体命名いたし候」

とある。

私はその日の十時ころの天体の様子を調べてみたいともちらと思ったが、ゲーテに比し、あまりに兇兆が出ているおそれがあるので中止をした。なにせ「正午」ぴったりに対して、こちらは十時なのだが、不明瞭な「頃」までついている身上であったから。ただ、平福百穂画伯の御命名については、心から光栄に思っている。

光栄に思っているとたったいま書いたが、それは現在の心境で、打明けていえば、私はずっとその名が嫌でたまらなかった。

なぜなら、「ソウキチ」というその発音には一種の滑稽さがあって、各種の学校を通じて私はずっと苗字よりも名前で呼ばれることがはるかに多かったからだ。

大体が「斎藤」という姓は多く、そのため名前で呼ばれてもおかしくはないが、私の場合は殊さらに多く、先生などからも宗吉と呼ばれた。大学を出て慶応病院の医局にはいってからのちも——医局では同僚同士でもよく○○先生などといかめしく呼びあう習慣があるものだが——私はまだ「宗吉」とか「宗吉ツァン」などと呼ばれた。それがどうも嫌であった。しかし、この年齢になって私は自分の本名がそうおかしいとは思わない。父と平福画伯に感謝したいくらいだ。

さて、幼い時分、私は婆やなどから「宗さま」と呼ばれた。これは母が学習院言葉を輸入したもので、姉の百子《ももこ》は百さまであり、妹の昌子《まさこ》は昌さまであった。これも一風変っていて、他の子供に聞かれると、恥ずかしいことであった。

そういう幼いころ、「楡家」のなかで、祖父役の基一郎（実際は紀一郎、のちに紀一と名乗った）が愛飲する赤い甘いサイダー、「ボルドー」を私もまた愛飲した。かなり多くの人がこのボルドーのことを作り話と思っているらしいが、私が小学校の低学年のころまで、このサイダーは実在したのである。無色のものと赤葡萄酒のように赤いものと二種類あったが、私はだんぜん赤いほうを好んだ。そして夜、吸飲みに入れて枕元に置いておき、腹這いになって布団のなかで飲むという悪癖を有していたが、私に甘い婆やはべつに叱らなかった。いまでも私はときどき思う。あのボルドーを作っていた会社はつぶれてしまったのだろうか、と。現在でもボルドーがあったなら、私はきっと今もそれを飲んでいることだろう、と。

青南小学校は古い老朽の木造の校舎であった。

当時は給食などなかったから、生徒たちは当然弁当を持って登校した。しかし、午になると木村屋というパン屋がパンを入れた箱を持って出張してきて、みんながいくらか上級生となると、かなりの者が弁当を持ってこず、そこでパンを買った。いちばん安いのがラスクという甘いパンで、いちばん上等なのが、かなり分厚いカツ・サンドであった。

仲間がそういう行為をするようになったとき、私もその真似がしたくてならなかった。しかし、私はケチな精神が発達していたから、なかなか自分の貯金からその金を出すことをしなかった。かなり上級になってから、私はラスクは何回か食べた。カツ・サンドは清水の舞台からとびおりる思いで、一度だけ買った。どんなにかそれがおいしかったことだろう。

そのように金にケチケチしたのは、私は中学にはいるまで定期的に小遣というものを貰えなかったからである。

私の収入といえば、お年玉と、それから家で運転手が髪を刈ってくれたとき、その床屋代を褒美として貰えた。なぜなら、私は髪を刈ることに恐怖心を抱いていて、よう床屋に行こうとしなかったのだ。きっと痛くて泣きだすことだろう。そのため、もし泣いてもまだ恥ずかしくないように、家で運転手に髪を刈って貰っていた。ところがあるとき、バリカンの調子がわるくて途中で動かなくなった。私はだんだらの頭のまま強制的に床屋へ連れて行かれ、そこで人並の坊主頭になることができた。しかも本職の床屋のほうが上手で痛くないこともわかった。

それから私も人並に床屋に行くようになったが、やはり褒美として床屋代を貰った。そのうえ、その床屋は病院に出入りする床屋だったから、家人はふつうの散髪代よりずっと高い、いわばチップを含めた五十銭をその床屋に払っていた。私も同じく五十銭を与えられた。おかしな話である。

当時は五十銭といえばかなりの額であった。しかし、その大部分を婆やが私名義の郵便貯金にしてしまうので、私はカツ・サンドを一度しか食べられなかったのである。

もっとも、パンこそなかなか買えなかったが、そのほかのものに対しては、小遣は貰えなくとも一向に差支えがなかった。「楡家」で青雲堂として登場してくる、青南堂という文具店が、家《うち》では帳面《つけ》になっていたからである。それゆえ私は、二十四色のクレヨンを買おうが、ノートを十冊買おうが、メンコやベーゴマを好きなだけ買おうが、お金は要らなかったのだ。

このことは想像以上にすばらしいことであった。同じく途中から青南小学校へはいった安岡章太郎氏から、後年、

「青南堂が無代《ただ》！　なんという羨ましい身分だ」

と言われたことがある。

もっとも青南堂のおじさん、おばさんは、むかし家の病院の職員だったから、私に決して無駄な買物をさせなかった。また子供がいくらでも欲しがるメンコやベーゴマも、私はほとんど買わなかった。

私は無器用で、そうした遊戯ではいつも負けてしまい、徒らに相手に取られてしまうばかりだったからだ。ベーゴマなどは一人で紐をうまく巻けない始末であった。これではそう熱中する気にもなれないし、仲間からもオミソあつかいにされた。

友人の作家のなだいなだは、メンコが得意であったらしい。それで近年になって自ら「メンコ大王」と称し、ある雑誌の主宰したメンコ大会に出場した。メンコはこのところ少し復活し

ているようだが、要するに丸いボール紙を上から叩きつけて、地面に置いた相手のメンコを裏返しにすれば勝ちになる遊戯である。しかし、そうそうは簡単にひっくり返らない。そこで、そのメンコ大会では将棋盤のようなものを置いて、そのうえで戦わせ、メンコが盤から落ちても負け、というルールで行うことになった。なだいなだは本当に自信をもっていたらしい。彼は満身の力をこめてメンコを叩きつけた。ところが相手のメンコはひっくり返らず、力まかせに叩きつけた自分のメンコが盤から落ちてしまい、たちまちメンコを一枚取られてしまった。そこで彼は作戦を変え、もう力をこめることをせず、相手が自分のようなミスをするのを待つことにした。そして辛うじてメンコ大王の名を汚すことなくすんだという。

このように彼は頭の切りかえが早い。むかしは童顔だったが、だしぬけにヒッピーのごとき髭を生やし、今では誰もがその髭づらを彼だと思っている。ところが昨年の夏、急にまた口髭だけを剃りおとした。そうして英国へ行ったところ、あたかも爆弾事件がつづいたころのゆえもあって、警官に二回、航空会社の職員に一回、尋問される羽目になった。口髭がないので、パスポートの写真とかなり人相が変って見えたからである。

閑話休題。小遣がなくて残念だったのは、青山の電車通りに出る善光寺の縁日のときであった。

またなんと子供心を誘惑する眺めだったことだろう。タイ焼もあれば今川焼もあった。ほそい管にはいった妙に心をそそる飲料もあった。金魚や亀も売られていれば、ピヨピヨと鳴く可愛いヒヨコも売られていた。だが、私はそれらを買うことができなかった。ごく稀に、婆やが、「内緒ですよ」と言って色つき水などを飲ましてくれたが、淡くふっくらとした電気飴（綿飴）はどうしても買ってくれなかった。バナナも赤痢になるからといって禁じられた。

私が電気飴を食べたのは、中学も三年になってからである。どこかに行軍して、神社の境内で休憩した。そこに電気飴が売られていた。私は夢中で一本を買いとり、ふわふわとした夢のような菓子にかぶりついたが、たちまちがっかりした。ずっと夢想していた味とはほど遠く、綿のような飴は口の中で瞬時にして単なる砂糖の味に変ってしまったからだ。

しかし、私は自分の幼児体験から、娘には祭りなどで好きなものを買い与えてやっている。焼いたトウモロコシも、もちろん電気飴も食べさせているし、水風船釣りもずいぶんとやらせたし、見るからに汚らしく見える水飴も嘗めさせている。これには籤《くじ》がついていて、当るともう一本、水飴が貰えるので娘は特に好んでいる。

要するに私は、娘にむかしの私のような欲求不満を抱かせたくないのだ。

私の家のあった青山界隈は、空地も多く、また大きな家も多い屋敷町といってよかった。元ノ原のはずれにある屋敷には巨大なケヤキの木があり、冬にはホウキを逆さにしたようにくろぐろと枝を天空にさしのばしていた。この家にはおよそ人影がなかった。原っぱからは高い塀にさえぎられて内部は見えるはずもないが、横手の道を歩いていって、その家の玄関などを見守っても、ついに一度も人の気配を感じたことはなかった。子供たちは化物屋敷と呼んでいた。

また、現在と異なることは、当時はまだカラスが多かった。夕ぐれ、いつも化物屋敷のケヤキの向うの夕空を背景に、その大群がどこかの塒《ねぐら》へ帰ってゆくのだった。

そのカラスで、一度こわい光景を見たことがある。脳病院の原っぱの入口には、むかしの祖父の病院の焼跡のくずれかかった石の門があった。その門のところに、二人のかなり大きな少年がかがんで夢中で空気銃の弾を装塡している。その頭上を、一羽のカラスがぐるぐると旋回し、ときどきサッと地上の少年たちを襲うように舞いおりる。少年は夢中でそれを撃つ。そしてふたたびしゃがんで弾をこめだす。それでもかなりのあいだ、カラスは威嚇するように少年たちの頭上を去らなかった。

また、野良犬や野良猫にしても、今よりもずっとその数が多かった。殊に私の家は、病院の残飯が出るので彼らの集合所でもあった。

原っぱには目を愉しませる昆虫が多かったが、家のなかにはもっと困った存在、蠅や蚊が、現在では想像できぬくらいどっさりいた。夏が近づくと、蠅取リボンというものが各部屋の天井に吊るされた。そして、そのほそ長いねばねばした紙には、ときには真黒になるほどの蠅がくっついていたものだ。

当然、蚊帳も吊られた。このなかにはいるとき、蚊も一緒にはいってしまうといけないから、まず蚊帳の下をぱたぱたやって蚊を追い、そのあとすばやく内部にはいるという方法を、私は幼いころから教えられた。

ネズミもまた多かった。天井の上で追いかけっこしている音がしょっちゅうした。

鼠の巣片づけながらいふこゑは「ああそれなのにそれなのにねえ」

という変った父の歌がある。「ああそれなのに」というのは当時の流行歌である。

ネズミは天井裏にひそんでいるだけでなく、部屋のなかへまで出没した。私が小学校三年くらいのときだったが、兄の部屋に毎夜ネズミが現れ、寝ている頭のうえなどをうるさく走りまわった。腹を立てた兄は、綿密に部屋を調べてまわり、ついにネズミの通路を発見した。鴨居の内側に穴があいていたのだ。

そこで兄は、小さな鏡をそのうえに紐で吊し、紐をゆるめるとすとんと落ちてその穴をふさぐ仕掛をこしらえた。それだけの努力をした甲斐はあった。兄は早くから部屋を暗くしてネズミをおびきだし、見事に部屋のなかに閉じこめたのである。

そのあとが大変だった。ネズミはすぐに本棚のうしろに隠れてしまったらしい。兄の報せで、私たち小さな子供たちは、それぞれ箒や棒切れを持ち、そっと唐紙をあけて部屋に忍びこんだ。それから、たいそうなネズミ捕獲の大作戦が始まった。敵もさるもの、本棚のうしろから追いだされると、疾風のごとく、縦横無尽《じゅうおうむじん》に部屋じゅうを駈けめぐり、机のうえに飛びあがったり、また本棚の隅に隠れたりした。

姉と妹はまったく役に立たなかった。彼女らは徒らに悲鳴をあげるだけで、ほとんど椅子のうえに立ちすくんでいた。兄と私とが、箒と棒をふりまわし、阿修羅のごとく奮戦した。そう、いま思うに、あれもまた、たしかに戦争といってよかった。部屋じゅうが混乱の渦に巻きこまれた。そして、金鵄勲章をさずけられてもよかったろうに、二人はとうとうすばしこい相手を打ちのめしたのだ。

これは人間の好戦性、残忍性を示す一事件ではあったが、正直のところ私に関して言えば、あんなにおもしろく夢中になったこともあまりなかったのである。

さて、幼いころの私はいかなる容貌をしていただろうか。

これがあまり芳しくないのだ。いや、大いにおかしいのだ。

私の家は戦災にあってすべてが焼けてしまったが、古いアルバムが車庫のなかへ入れてあって焼け残り、幼い日の写真もいくらかは残っている。ところが私はそのころから少し変っていたらしく、写真を撮られるとき、照れなのかいたずらなのか、殊さらに顔をゆがめたり、口をとんがらす癖があったようだ。そのため、みんな妙てけれんなおかしな顔ばかりが写っている。

姉はかなりの可憐さを有していた。その可愛い姉が日傘をさしているそばに、口をとんがらかして変てこな顔をしている私の写真を見れば、人はなぜ美人の姉に、こんな容貌魁偉《ようぼうかいい》な弟が生れたのかと、ふしぎに思うにちがいない。

それを弁護してみれば、赤ん坊のとき、私は可愛らしかったのである。食事をする居間の壁に、私と妹との赤子時代の写真がかかっていた。なぜこの二人だけの写真がかけられていたのかはわからぬが、多分下の末っ子たちだったからだろう。

そして、厚顔にもあえて書くが、私はだんぜん可愛らしく写っていた。妹のそれは、ぼさっとして間が抜けたような写真であった。だが私のそれは、神よ悪魔よ、小天使のごとくあどけなく微笑していた。

少し大きくなってから、私はよく思ったものだ。

「なんという可愛い赤ん坊だろう。あれがぼくか。それにしても、信じられぬほどなんともはや可愛いじゃないか」

人はこの言をバカにしてもよいが、なにせその写真は焼失してしまっているのだから、正直のところ、はっきりと肯定も否定もできぬはずである。

第三章　ふたたび出生について

幼年期、どちらかといえば私は病弱であった。

冬にはたいてい風邪をひいた。たとえば昭和七年、五歳のとき、父の日記によれば私は風邪、腸の急性中毒、百日咳、風邪とつづけざまに寝こんでいる。

家が病院であったから、そういうときには枕元に検温表が置かれた。熱が三十七度のところに赤線が引かれており、それ以上熱が高いと赤鉛筆で、七度より低いと青鉛筆で熱型が記された。この検温表はいつも私に親しみぶかいものであった。

赤線が三十八度、三十九度を突破してゆくときは、こわいようでいて、反面わくわくするような気分もした。一度、四十度二分まで熱があがったことがあり、そのときは意識が混濁してしまったが、あとになって得意にもなり、今もその体温を覚えているわけだ。

当時の風邪の治療に多く使われたものに吸入器がある。なんだか複雑な器械だったが、要するに下方にあるアルコール・ランプに火をともすと水蒸気が発生する。この蒸気をシューと吹きだす装置で、患者は口をアーンとあけてこれを喉に受けるのである。

また熱が八度五分以上も高まって肺炎の危険があると、胸部にカラシを塗った布で湿布をされた。当時は抗生剤はおろか、サルファ剤もなかった。それにしても、これはずいぶんと大げさでものものしい感じのすることだった。

粥に梅干とカツオ節だけの食事。さらに病状が重いときは、婆やは米から何時間も煮たオモユを作ってくれた。

年代がはっきりしないのだが、とにかく幼少期、私は疫痢を病んだことがある。雨の降るなかを長いあいだ自転車に乗っていたあと、シュウクリームを多量に食べた。そして私は発病し、昏々と眠った。

内科のお医者さんがやってきて、腿に太い針でリンゲル氏液を打った。針が刺されたときだけ、私は目をあけ、「痛い」と言った。それからまた昏々と眠った。かなりの重体であったことは確かである。

「あと一時間遅ければ、手遅れになったかもしれない」

と医者は言ったそうだ。

回復期にむかってからも、疫痢（子供の赤痢）は腹の病気であったから、私は何も食べられなかった。ほとんど注射でもたされていたのだろう。

起きられるようになったとき、婆やがいくらなんでも可哀そうだというので（彼女はむかし看護婦をやっていて病気の知識もあったのだろう）、どろどろと煮た、ほんの薄い、水にも似たオモユを作ってくれた。最初のとき、私は女中部屋に隠れてそれを食べたのを覚えている。ともあれ、幼時期ひ弱であった私も、時とともに少しずつ丈夫になり、小学校にはいったときには、ほぼ一般の八割くらいの体力を有していたように記憶する。

先に述べたごとく、青南小学校は老朽の木造校舎であった。福岡先生は鹿児島出身の生真面目な性格で、およその頃、三十歳くらいであったのではなかろうか。「サクラガサイタ」の「ガ」とか、仮名の「ヲ」を、特有な発音で教えられた。私は正直にいって勉強はかなりできた。一学年が終ったとき、音楽が乙だったにもかかわらず、他は全甲で、クラスで三番だった。たまには、クラスで投票で決められる級長にも選ばれた。「楡家」のなかの周二は、それにひきかえできない生徒として描かれている。

なかでも記憶に残っているのは、算術の時間、黒板に書かれた問題を指名されて出ていった生徒が、できないで立往生をした。福岡先生は次に私を指名した。私が出ていって、易々とその問題を解くと、先生は大げさにも、

「斎藤君（福岡先生は宗吉とは呼ばなかった）は算術の神様だ」

と讃めた。

休み時間になると、クラスの者たちが、私をひやかして、

「やーい、神様やーい」

などと呼んで、私を追いかけてきた。私は懸命に逃げて、偶然に下駄箱のところで出会った二年上級の姉のうしろに隠れて難を免がれたこともあった。

こんなことを書き記すのは恥ずかしいことだが、なにせ私は旧制高校から大学にかけて成績がわるく、もちろんビリから数えたほうが早かった。なかんずく数学や物理に弱かった。それにひきかえ、むかしの私はむしろ理科少年であったことは記録しておかないと、いずれ自分でも忘れてしまうかもしれない。

そんなふうにかなり勉強ができたにもかかわらず、私はそれほど学校が好きではなかった。泣いてズル休みをすることもままあった。これがわかると父に大いに叱られるから、私は家の外へ出、かなり広い裏庭の大きなイチョウの木の蔭で、時間を過し、学校の終った時刻に家に戻った。そんな長い時間、イチョウの木蔭で、一体何を考え、どんな気持でいたかは今となっては思いだすことができない。

もっと上級になって、ズル休みをしようとして見事に失敗したことがある。風邪をひいて熱が出れば、これは学校を休める。私は体温計の水銀のはいっている部分をごしごしこすってみたが、水銀はちっとも上ってくれなかった。それで台所へ行って、そこにある大火鉢の炭火に体温計をかざそうとした。ところが、そこには古風な鉄瓶がかかっていて、それについちょっ

と触れたところ、体温計はアッという間にパチンと割れてしまった。かくて私はいやいや登校しなければならなかったのである。

家に戻ってから、格別に予習や復習をするわけではなかった。ただ、一人の真面目な書生がいて、低学年のころ、ときどき私の勉強を見てくれた。彼は「楡家」のなかで、日中事変に真先に出征し南京攻略戦で生命を落とすことになった佐原定一のモデルである。しかし、本当は彼はもっと辺鄙な地で戦死をした。私の創造人物である。一方、もっと終章まで活躍する書生の熊五郎のほうは、まったく架空の存在で、私の妹の夫の体験を利用した。彼の中国での戦い、満州で捕虜になりシベリヤ抑留などの物語は、私の妹の夫の体験を利用した。

夜は、私はかなり宵っぱりで、早くからはなかなか寝つかなかった。たいてい、青山墓地をへだてた麻布三聯隊の消燈ラッパの音がひびいてくるまで起きていた。そのラッパの音は、極めてもの寂しく、さながら薄暗い墓地の晩鐘でもあるかのように伝わってくるのだった。

三聯隊といえば、鉄砲山と呼ばれる小山が近所にあり、ふだんの日は射撃練習場になっていた。日曜日にそこに遊びにいって、笹の生い茂ったたくねくねした道を上り下りしていると、ときたま空《から》の薬莢が見つかった。これは子供らにとって宝物ともいえる拾得物であった。

ゆふ日とほく金にひかれば群童は眼つむりて斜面をころがりにけり

という父の歌は、この鉄砲山の風景をうたったものである。

また思いだす。青山墓地の三聯隊側の下に市電が通っていた。私たちは、こっそりとそのレールの上に太い釘を置いた。そして墓地の樹蔭に隠れてこっそりと待っていた。やがて市電がやってきて、その上を通過する。市電が行ってしまうと、とびおりていって釘を見る。それは押しつぶされて剣のようになっていた。しかし本当に平たく剣のようにするには、何回も市電に引かせねばならなかった。

この遊びにはわくわくするようなスリルがこめられていた。なぜなら、あまり太い釘を置いたりすると、市電はガタンと振動し、電車をとめておりてきた車掌があたりをキョロキョロと眺めまわしたりしたからである。ともあれ、釘から剣状のものを作ったりしたように、当時の子供の玩具は一見ごくつまらないようでいて、一面では自分らの知恵による創造的なものでもあったと思う。

私はまた、磁石に紐をつけて道をひいて歩いた。すると、ごくこまかい黒い砂鉄がくっついてくる。この少量の砂鉄を瓶に入れる。そして小瓶だがその三分の一くらいの量を集めた。これまたくだらぬことだが、私はその砂鉄のはいった小瓶をやはり宝物のように大切に蔵っていた。

たしか小学校の二年のころであったと思う。青南小学校は老朽の木造校舎をこわして新校舎を作ることになった。そのおよそ一年のあいだ、空地であった元ノ原にバラック校舎を建て、そこで授業が行われた。それも時間をずらした二部授業であったように思われる。なぜなら、自分たちの授業が終ったというので、校庭で騒いでいると叱られたからだ。

このバラック建ての仮校舎に移ってから、いちばん得をしたのは私だったかもしれない。なにしろ元ノ原は私の家の隣である。で、冬など弁当を持ってゆかず、昼休みに家へ戻って食事をした。つまり、温かい食事がとれたのだ。

記憶に残っているのは、同じく昼に病院から戻ってきた父と一緒に食事をしている光景である。そのときの焼魚が油がしたたるようですこぶる美味であった。あれは秋鯖だったのではなかろうか。

さて、一年くらいを経て建てられた新校舎は、三階建ての鉄筋コンクリートで、当時にしては超モダンの学校であった。プールもあれば、設備の整った理科実験室もあり、屋上の隅には主として智慧おくれの生徒を収容する養護学級という教室もあった。こうして「青南学校ボロ学校」は、一挙にしてモデル・スクールのごとくなったのである。

養護学級を覗きにゆくことは禁じられていた。一般の生徒たちがそこの生徒たちをバカにすることを恐れたためと思われる。

私は勉強はやはりできた。それでも二年から三年にかけ、ときたま泣いたりごねたりして学校へ行かず、父を弱らせたり怒らしたりしていることが父の日記にでている。

学課の中で、どうにもならないのが音楽であった。父は典型的な音痴であった。「君が代」もよう歌えなかった。私の兄妹たちはふつうの音感を持っていた。そのなかで私だけが父の血を受けついで、どんな唱歌をうたうにしろ、音程が大いに狂い、従って音楽はいつも乙であった。

この経過が変ったのは、五年の初めのころと思われる。従兄がハーモニカを吹きだした。で、私もハーモニカを買って貰い、ハーモニカ用の唱歌集を買って貰った。ハーモニカの楽譜は、私のまるきりわからぬオタマジャクシではなく、ド・レ・ミ・ファが1・2・3・4という具合に数字で記されてあった。これなら、それに応じた穴を吹いてゆけばいいのだから、私はハーモニカが吹けるようになった。何種かの歌を、すべて数字で記憶した。

しかし、従兄はそれではまだまだだと言った。つまり、ベースを入れられるようにならなければいけないというのだ。舌で多くの穴をふさいでおいて、節ごとにそれを開く。私はやっとそれを習得したが、それまでにはハーモニカを唾だらけにするほど練習しなければならなかった。それでも、ハーモニカを吹くことで音感をやや習得できた。

音楽の試験は、女の大友という先生がピアノをひき、そのまえに二、三人ずつ出て歌をうたう。私はそのときの試験、

「ドーレーミファ
ソラドシラド」

という歌を、ハーモニカで幾遍も練習していった。試験で歌い終ると、先生は、

「あなたはまえははっきりいって音程が狂っていたわ。でも今日はちゃんとしていましたよ」

と、わざわざ言ってくれた。そして私ははじめて全甲になった。もちろん音楽の甲は、10でなく9であったろうが。

もっとも、現在の私はハーモニカを吹かず、そのため元の音痴にまた戻ってしまっている。体育も平均水準よりは低かったが、のちに劣等になったのに比べ、まずまずといってよかった。体操の先生は、渾名を「ズーさん」と言った。ひどい東北弁だったからである。

先生が「番号!」というと、私たちは、

「十一」

「十二」

「ズーサン」

と発声したものだ。すると先生は怒ってみせたが、これはある程度自分でもおもしろがってわざと怒ったようなふしもある。

とび箱や鉄棒は得意でなかった。体操の時間、よく角力やドッジ・ボールもやったが、これも得手ではなかった。こう記してゆくと、やはり体力はいささかひ弱だったというほうが当っていたろう。

なかでも最大に下手だったのは、駈けっこであった。これはときとともに遅くなって、ある時期から私の渾名は「ガタガタ自動車」であった。もうひとつは、「カエル」とも言われた。私の目のまぶたが常人よりふくれていたからである。

それでも頭のキレはあったらしく、一年生のときの駈けっこで、私は福岡先生の「ヨーイ」といってから「ドン」という間を覚えてしまった。それで「ドン」と声がかけられるより一瞬早くスタートし、接戦の末三着にはいったことがある。もっともこのときは、級友から、

「宗吉はずるいや」

と言われた。

それに比べると、野球は比較的得手のほうであった。下級生のときは校庭でゴロ・ベースなどをやっていたが、やがて脳病院の原っぱ、仮校舎のこわされた元ノ原などでしきりと野球をやった。そういうところでは、何組かの子供チームができていた。

そこへ出現したのが、「幽霊」に克明に書いた、いわゆる「ボロ監」である。彼は新聞配達などして夜間大学に通う苦学生で、はじめは「一本打たせてくれ」などと低姿勢だったのだが、はじめのころ私たちはあまり彼に打たせてやらなかった。なにせ力があるから、ホームランを打つと、原っぱの塀ごしによその屋敷にとびこんでしまうし、或いは横手の空地までとんでいって、雑草のなかにボールがまぎれ、それを捜しだすのが大変だったからである。

しかし、彼は野球を愛し子供たちを愛したから、いつの間にか、私の属する子供チームの総監督におさまった。姿恰好が汚なかったから、ボロ監と呼ばれた。

このとき、私は彼から選出され、はじめてピッチャーをやった。そして、このチームはかなり強かった。のちに、ボロ監は他チームの非常に速球を投げる少年をわがチームに引き抜き、

それからは連戦連勝という有様だった。

しかしボロ監は、決して野球ばかりをやったわけではない。私たちに学習までやってくれた。彼は算術や国語の問題を何枚も紙に書いてきて、私たちにくばってそれをやらせた。私たちは原っぱの石のうえで、その答案を書いたのである。いずれにしても、ボロ監氏は現在には稀な珍しい人物といってよい。

原っぱでは、大人たちも野球をやっていた。あるとき、脳病院の原っぱで、十一歳年上の兄がピッチャーとして投げているのを見たことがある。病院の運転手もまじっていて、私に言った。

「お兄さまのことをみんなに言っちゃいけないよ」

やはり兄としては、自分が脳病院の息子であるという正体を隠したかったのではあるまいか。野球といえば、当時はプロ野球はまだ盛んでなく、ほとんどの人が六大学のリーグ戦に熱中した。姉が慶応贔屓だったから、私はそれに対抗して早稲田贔屓となった。これはその後もずっとつづいている。

私が医者となって慶応病院の医局にはいってからも、こと野球に関しては、まだ早稲田贔屓であった。早慶戦の日の土曜日など、半数の医者が神宮外苑の球場へおもむいたものだ。従って、早慶戦のある日の慶応病院は病人は敬遠したほうがいいように思う。

「おれたちは慶応病院の医者だ」

と言うと、切符がなくても応援団席に入れてくれた。もちろんそこは慶応の応援団席であり、うっかり早稲田に声援を送ったりすればなぐられてしまう。で、私はひそかに心の中で早稲田の勝利を祈りながらも、仮面をつけて小さくなって坐っていたものだ。

他にスポーツといえば角力であった。双葉山が連勝を開始し、横綱となり、玉錦と対立したころから全盛期をむかえたと思う。時局柄、国技という点もあったろう。

それにしても、当時の仕切直しは長かった。一体、いつ立つのか皆目見当がつきかねた。横山隆一の漫画「フクちゃん」に、一家がなにげない顔つきで夕食をとっている。そのうちに、隣室のラジオから「立ちました!」という声がするや、みんなが箸や茶碗をほっぽりだしてラジオのまえに殺到する、というのがあった。

私は玉錦が贔屓だったが――あのように錦絵のように堂々とした力士は今はいない――彼も双葉山にはどうしても歯が立たなくなっていた。千秋楽の優勝決定戦に水入りの大勝負をしたのがせい一杯のところであった。そして盲腸炎となり、あまりに腹の脂肪が厚かったため手術が成功せず、この世を去った。

その双葉山も、七十連勝目の角力に安芸ノ海に破れた。そのときの世間の騒ぎと昂奮は今ではとても想像がつかないであろう。

そのほか、趣味として、私は将棋をさした。小学校一年のとき、すでに父と将棋をやっていたらしい。

父のところに頻々と出入りする弟子の立場にあった一人、佐藤佐太郎氏が将棋が強かった。父の将棋はその性格そのままに、中飛車にふり、両銀をくりだして、遮二無二攻めかかる。そして、それを受けられてしまうともう駄目なのである。佐藤さんは本格的に強い人だったが、父と将棋をするときは、ときたまわざと負けてやっていたらしい。

その佐藤さんが、私に将棋の基礎の定石を教えてくれた。金矢倉に囲むオーソドックスな方法をまず習った。で、私は小学校三年くらいのころには、もう父に勝つようになっていた。

のちに私が文壇に出たとき、文芸春秋の文壇将棋大会に出、Bクラスで二位となったが、そのときのBクラスの優勝者は佐藤さんで、雑誌に「斎藤一家大活躍」と書かれたことがある。それゆえ、私はむろん形式だけだが一応初段の免状を貰っている。

話を元に戻して、小学校三年のころには新聞の将棋欄の棋譜を読むようになっていた。そして、そのころに有名な木村義雄と坂田三吉との大勝負が読売新聞で行われた。持時間双方とも三十時間という、一週間がかりの対局であった。この世紀の対局で、坂田は第一手に左の端歩をついた。定石外の予想もつかぬ手といってよかった。これは多分にハッタリの手だったようだが、

「さすがの木村八段の羽織の紐がこのときピリリとふるえた」

という意の文章を観戦記で北斗星氏が書いていた。

この勝負で、坂田は桂をはねるのに、なんと長考六時間をやった。しかし結果は坂田の負け

となり、次の花田八段との一局にも敗れ、将棋界は東京方に統一された。これらの棋譜を私はみんな切抜いて取っておいたものだ。

一方、もっとのちになって、私の父のほうは、尊敬する幸田露伴先生のところに将棋をやりにゆき、大敗して戻ってきた。その勝負は六枚落ちで行われた。露伴は本当に将棋が強く二段であったそうだが、六枚落ちというと、その陣容は金銀四枚と歩だけである。いくら崇拝する相手でも、その六枚落ちに負けてしまったのだから、負けず嫌いの父は口惜しくてたまらなかったらしい。

そこで父は、夜店から金子八段著の将棋の本を買ってきた。そして私を相手に、六枚落ちの定石を研究した。定石では端から攻めていって、角を犠牲にし、しかし飛車を成りこみ、易々と勝利が得られるようになっている。父は今度は大丈夫だと、勢いこんでまた露伴先生のところに将棋をさしに出かけた。そして、またもや負けて戻ってきて、ごく不満そうにこう言った。

「なにしろむこうが定石どおりさしてこないんだから」と。

ところで、前回に私の出生のことに触れたが、なんたる不思議、ついに詳細が判明したのである。母が赤十字病院に産院のカルテが残っているかどうかを調べてもらうよう頼んでくれたのだが、むろん私は当てにしないでいた。

すると、なんと四十七年まえ私を分娩したときの母のカルテが奇蹟的に残っていた。赤十字病院産院は近々移転をすることになっており、そうなれば古いカルテはもちろん捨てられてしまったろう。まことに危機一髪の僥倖なことであった。

そのカルテによれば、私がこの世に生れたのは、昭和二年五月一日の午前十時三十九分であった。初発陣痛午前七時、破水十時十七分、胎児分娩十時三十九分、後産陣痛十時四十分、後産娩出十一時二十分とある。

身長五十センチ、重量三千二百九十七グラムで、ごく安産であった。

このカルテのコピーが母が住んでいる兄の家にとどけられたとき、みんなはその出現におどろき、しばし話題の種となった。兄もまた自分の出生を知りたいと思った。ところが、三番目の子である私を産んだ時刻を忘れてしまっていたのは仕方がないとして、母は最初の子である兄の出産についても何も覚えていなかった。兄はおもしろからぬ心境に駆られたらしい。ともあれ、兄のころは病院には入らず、お産婆さんに取りあげられたようだ。

ともあれ、思いがけず自分の出生の正確な時刻を知り得た私はすっかり嬉しくなり、調子にのって、ゲーテのように、そのときの天体の位置を知りたくなり、編集者にそのことを頼んだ。ところが、持ってこられた表は、円い定規のような図型に線がひっぱってあり、ふしぎな記号が書きこまれているといった代物である。わきに、その記号は山羊座とか双子座とか或いは太陽、月、水星などを現わすと註がついているが、星占いを知らぬ私にはチンプンカンプンの図型にすぎぬ。

そこで、この図型を専門家に読み解いて貰うようさらに依頼した。

その返答を左に記しておく。

「出生時における太陽は、おうし座十度で、太陽と月の角度が接点の座相にあり、二つの星の力を高めあっている。月と太陽の接点は、オランダのユリアナ女王も同じである。一般に名声と地位をうけ、各種の業績を実行するのに困難を伴わない。しかも有能な人々の援助が得られる。

金星は木星と凶角、スクエア九十度の座相をつくっている。これは情緒の不安定さ、過激さと冷静さ、無関心と好奇心がいりまじり、一つのものに熱中できない不安定さがある。住居や生活に安定さが不足し、旅や変化を常に求める。

金星がふたご座にあるため、知的で頭の回転の速い女性にあこがれを感じる。旅を好み、人と話しあったり、スリルと冒険を好む。また友達の範囲も広く、同情心が高い。

水星はおひつじ座で、知能、表現力がすぐれ、二つの違った能力を発揮する。一つは、医学、理学、建築関係の能力で、もう一つは文学的な表現力や創造力。

水星は金星とセキステル（六十度）の座相をもっているため、表現力、独創力をいかして成功する運をもっている。積極的で機知に富み、表現力がある場合が多い。

木星は魚座にあり、その情熱は主として、美的センスや他人に対する影響力を与える。火星は太陽とセキステル（六十度）の座相で、情熱、活動力、闘争心も強い」

つけ加えるが、この読解はむろん私の名を秘してやられたものである。

これを読んで、なんだか私は気味がわるくなってきた。予想したより何倍もいい星の下に生れてきたように書かれているからである。

なかでも、医学と文学というのが当っているのは、いささか不気味といってよい。だが、私はこれによって星占術を信ずるというより、むしろ信じないようにしようと思う。私は本質的にアマノジャクなのである。

——この原稿を書いたのち、私はこの星占いをやって頂いた浅野八郎氏から手相を見てもらうことになった。これまた相当に当っているような気がした。占いは結局、統計学だと思う。氏によると、ずいぶん克明な統計や調査をとっているそうだ。その点、占星術や手相は歴史があるから、それなりの意味のある或る確率はあるのだろう。ただ、当った場合のみがより印象に残るというのも確からしい。

それに反し、ルーレット占いだの宝石占いだのいろいろあるが、私はあまり信ずる気になれない。霊感というものがあると考えたほうが愉しいが、空とぶ円盤を信じるほうがもっと愉しい。まして血液型で性格を決めこんでしまうなどはナンセンスに近い。

ただ占いは、それによってどうしても自己暗示をひき起される。占いがこの世にあっていいと私は思うが、占われた人間の心理的作用によってはよくもわるくも働く場合があろう。青年時代、素人の人に手相を見てもらったところ、これはたいへんな相だと言われた。どう大変な

のかと尋ねると、

「それはちょっと言えません」

と口をつぐむ。

なんだか大不吉な、或いは兇悪な運に自分が支配されているように思われ、しばらくのあいだ厭な気持がつきまとったものだ。

第四章　山や海のこと

幼少期からの最大の愉しみは、夏、大正年間に祖父の建てた箱根強羅にある山荘で過すことであった。それはただでさえすばらしい夏休みの愉悦の象徴ともいえた。小田原まで汽車に乗り、湯本まで小さな電車、そこからいよいよ興味津々たる登山電車に乗りかえる（やがて登山電車は小田原から出るようになった）。なんでもスイスから購入したという電車で、降りるときも登るときも、特有な、なんとも快い音響を立てた。そして、トンネルがやたらと多かった。その暗いなかへはいってゆくとき、心はいっそうときめいた。

運転台が市電のようになっていたが、車掌がぐるぐると把手をまわして、スピードを出したり、ブレーキをかけたりするのはいくら眺めても飽きがこなかった。そんなたわいもないことさえ大げさに言えば一種の神秘性がつきまとっているように思われた。

強羅の駅に着き、ケーブル・カーのケーブルが油にまみれて黒光りして動いているのを見ると、ああ箱根にきたな、と心に沁みて実感された。

朝は、ひぐらしの群唱から始まった。それからの日中は、従兄たちもきていることだったし、それこそ無我夢中の遊びの祭典となるのだった。ほんのつまらない些細なことが、このうえない愉しさと喜びに直結していた。

たとえば近所の山で、ほんの小さな水の流れをせきとめたことがある。土や石で堤防をつくった。しかし、そんな小流とはいえ、やがて水は嵩を増し、周囲に溢れだし、ついには堤防は決壊してしまうのだった。私たちは夢中になって補強をしたが、ついにむなしかった。そんな一小事で、丸半日も遊んでいた。

杉林の中の小流は、オニヤンマをとる格好な場所であった。オニヤンマは流れのうえをすれすれに飛んできて、何往復もする。それを捕えるのに、捕虫網でなく笊を使った。捕虫網だと、その白い色を警戒して、ヤンマはくるりと向きを変え、元きたほうへ引返してしまうのだ。それが笊だと、それをかまえている下をゆうゆうと飛んでゆくのを、上からかぶせてかなりの確率で捕えることができた。

私たちはヤンマのほかに、赤トンボやシオカラトンボも捕虫網で沢山捕えた。それを籠に入れて持っていって、強羅公園の猿の檻に放すのだった。すると、猿たちはやっきになって走りまわったりとびあがったりして、器用にトンボを捕え、ムシャムシャと食べてしまう。今から思うと残忍な話だが、そのころは結構な観物だったのだ。最後に、いよいよ大物のオニヤンマを入れる。しかし、ヤンマがもう弱っていて、すぐ猿に掴まってしまうときなど、私たちは大いに落胆した。

同じ公園に噴水のある池があった。沢山のアメンボが水面に浮いていたが、その上を強く棒で叩くと、はね返った水と共に、アメンボも池の外に落ちてくるときがある。これも猿に与えた。なお、池の中へはいっていって、沢山いる金魚をとろうと計画したこともあったが、これは人目があってついに実行できなかった。

おそらく小学校二、三年ころからのことだったろう。私たちは夜の遊びとして、一種の紙芝居をつくりだした。これは初期の短篇「硫黄泉」にフィクションをまじえて書いたが、要するにボール箱に四角い穴をあけて、そこからフィルムのように長い紙のつづき絵を、裏から懐中電燈を照らして、説明を加えながら見せるという仕組である。婆やや女中（今の世ではお手伝さんであるが、時代的にこうしておく）や、ときには勉強ばかりしている父が観客となった。

紙芝居の絵や筋立てにしても、子供たちによってそれぞれ個性があった。私のものは、黒覆面をした怪人というか怪盗が必ず出現した。もっともこれは「少年倶楽部」に江戸川乱歩の「怪人二十面相」が載ったあとだったかもしれない。

「硫黄泉」は、病気で寝ている叔父を子供たちが襲撃する話である。これはほとんど実話で、その叔父の名は米国《よねくに》といった。「楡家」にも米国は出てくるが、その人物像はまったくの作り事で、本当の米国叔父はあんな滑稽な、あんな変り者ではなかった。

とにかく、米国叔父さんは結核で、昼間から安静時間には横になっていた。そこに私たち子供は侵入し、ドタバタ騒ぎまわり、もし起きて追いかけてきたら、風呂に逃げこみ、その湯をかけようという作戦を立てた。そのとおりに事は進行した。しかし、あげくの果は、米国叔父に風呂の栓となっている棒を抜かれてしまい、一同は空っぽの湯舟のなかで、裸のまま泣き伏すという惨澹たる結果になった。

泣きやんでから、私たちは大いに憤慨した。それで家出をしようということになり、まず弁当を作った。弁当箱に海苔のツクダ煮などをのせた貧弱な弁当だったのを覚えている。

それから家を出ていって、三十分ばかり離れた山中の坂道で弁当を食べた。なお叔父に対して憤慨したり、これからどうするかを論議したりした。そのうちに日が暮れかかってくると、みんな元気がなくなり、とどのつまりはゾロゾロと家に帰ってきてしまった。はじめ大げさだった家出事件はまさしく竜頭蛇尾に終ったのである。

強羅の温泉は黄いろく濁った硫黄泉であった。日に何回もはいり、もぐりっこなどして愉しんだものだが、一夏を過すと、私たちのタオルは黄色く染まり、そろそろ箱根をひきあげねばならぬこともあって、どことなく哀愁も感じさせるのだった。

この湯を体によいといって、ガブガブ飲む大人もいた。また父は晩年、この硫黄泉のためにインキンがわるくなるといってよく嘆いていたものだ。

この温泉は、極めて原始的に、竹の筒によって送られてきた。大雨が降ったりすると、その筒が砂土でつまり、湯がごくちょろちょろとしか出てこなかったり、或いは震えるほどぬるくなってしまった。いよいよ湯が出なくなったりすると、箱根土地株式会社の男が修理にきた。修理といっても、ほそい長い竹竿で、筒をつついて、つまっている箇所を直すのである。いずれにしても田舎びていた。

箱根で嫌だったことは、糸のように足の長いメクラグモ、通称足長グモがやたらと多かったことだ。体自体はごく小さいのだが、ほそい足はずいぶんと長く、それをのばしのばし這ってくる。大きいほうの従兄は平気でこれを捕え、足をむしった。

幼いころは、夜はこわかった。家の前庭には米国叔父が丹精して枝を刈っている盆栽が多かったが、裏庭の下段（土地が上下二段にわかれていた）には一面の杉木立があった。突風が吹くと、その杉木立が特有のひびきを立てて鳴る。

風呂場までは、かなり長い渡り廊下を通って行かねばならぬ。風の強い日は、夜、この渡り廊下を歩くのがこわかった。

一度、試胆会をやったことがある。昼間のうち、紙熨を道端に置いてきて、真暗になってから、子供たちの一人一人が夜道を歩いてそれを取ってくるのである。ただ取ってくるのではなく、いちばん時間が長くかかった者を一等にすることに決めた。

私はズルをした。指定された道順をゆくと、一軒の灯のともった家があったので、その灯の下でずいぶんの時間を過し、これで一等になれると信じた。ところが下の従兄は、もっと長時間、みんなが心配するくらい戻ってこず、とどのつまり彼が一等になった。実は彼はすばやく家まで帰ってきていたのだ。しかし、家の玄関のわきにしゃがんで、長い時間ずっと隠れていたのである。

箱根での滞在中、特にとびぬけて素敵なことといえば、大人たちに連れられて大湧谷へゆくことと、八月十六日の強羅の祭りの日であったろう。

大湧谷へゆくには、早雲山の終点までケーブル・カーに乗り、そこから歩きだした。このケーブル・カーに乗ること自体がまた冒険じみて愉しくて、駅にとまったあと、車掌が棒で電線をジャンと打つと、上方に通ずるのか、またするすると動きだすのだ。途中、線路が二つにわかれ、上下の電車が行きちがう場所が、また子供心を魅した。ケーブルを通す鉄の輪がみんな斜めになっていて、いわばふしぎな幻想的な眺めといえた。

大湧谷までは、子供の足にはかなり強行軍といってよかった。しかし、途中の茶店でサイダーを飲めたし、いよいよ灌木もなくなってあちこちから白煙の立つ（この白煙は年々少なくなった）荒涼とした岩道を歩いていって、頂上の茶店で、硫黄の蒸気の中に籠に入れた生卵を吊るし下げ、やがてゆで卵となって引上げられる、それを食べることはお伽の世界のようであった。小学校も上級になると、危険を冒して、硫黄の蒸気のふくそばまで降りてゆき、黄色い結晶となっている硫黄を競争で集めた。

強羅の祭りの日は更に印象ぶかい。昼間は、素人角力や、ちょっとした舞台でやる芝居や漫才や歌などがある。夜には、花火が盛大に打ちあげられるのを、電燈を消したベランダから家じゅうの者が見物した。さて夜も八時ころになると、ベランダからちょうど正面に見える明星ガ岳で、名物の大文字焼きが行われる。

京都のそれのように、明星ガ岳の頂上近くに、草が刈られていつも「大」の字が記されていた。祭りの日には、そこに薪がつまれ火がつけられ、夜空に輝かしい火の文字が浮きあがる。かなり大きくなってから、父とこの明星ガ岳や早雲山へも登った。父は汗かきだから、明星ガ岳に登るにしても、まだ夜の明けぬ真暗なうちに出発したものだ。夜のしじまのなかで、ヒョウヒョウという、気味のわるい、異様なトラツグミの声がした。一応稜線まで登ったころ、太陽がさしてくる。そこでパイナップルの罐詰などをあけて食べる味は格別であった。

小学校の四年の夏、宿題として昆虫採集を命じられた。それまでももちろん虫はよく採ったが、この年は宿題であるから、とりわけ熱心にやった。そのころの箱根はまだずいぶんと虫が豊富だった。夜など、ベランダの外の硝子は蛾やコガネムシでびっしりとおおわれてしまうくらいであった。また金粉におおわれた美麗なミヤマカラスアゲハなども沢山いた。彼女は庭の山百合によくやってきたし、またベランダのまえにあったヒオウギの花も好んでいた。で、ベランダの中からこの大きなアゲハチョウを何遍も捕ることができた。

私は生れてはじめて蝶を展翅したりして、三箱の標本を作り、宿題として提出した。わるくない出来だと内心得意でいた。ところが、同級生の一人が二十何箱の標本を一人で出品し、それには横文字の学名まで書かれたラベルがいちいち付されていた。私は口惜しくなり、それ以来、いっそう昆虫採集に熱中するようになった。すばやいルリタテハが地上にとまったときにはどう網をかぶせるか、同じくすばやいアオスジアゲハは脳病院の原っぱと墓地の境界の金網に繁茂しているカナムグラの花のところで待っていれば容易に採れるとか、そういうことを私は覚えるようになった。

その昆虫熱は、のちに私が腎臓炎となり、長いあいだ臥床しているときに、一遍に開花することとなる。

私がかなり後年まで知らなかったことに、私の六歳のとき、父を立腹させる事件があって、そのことから母は家を出、ずっと父と別居することになった。

「幽霊」の初めの部分に、「ぼく」が姉と寝ていると、夜ふけにママが帰ってきて、なかなか寝つかれぬ子供たちに、階段のうえから手をふって、「もうお寝《やす》みなさい」というくだりがある。それは私の記憶にあるごくおぼろな映像から作りだしたものだ。このとき、家を出ることになった母は、荷物などを取りにきたのかもしれない。

従って、私は小学校へはいるまえから、家では母なしで育った。しかし、松田の婆やが母代りをしてくれたから、それほど寂しくもなかったように覚えている。

やがて、母は梅ガ丘の青山脳病院の本院のわきにある叔父の家に暮すようになった。母がいなくなっておよそ一年もして、私たち子供は父に隠れてこっそりと母に会いに行った。その最初のとき、かなり年上の兄をのぞいて私たち姉弟は泣いた。

そのうちに、日曜日などにかなり定期的に私たちは母に会いに行くようになった。うまい具合に、病院の自動車が、青山と梅ガ丘の病院のあいだをしょっちゅう往復していたから、私たちはそれに乗っていった。姉は母にお土産をもってゆくと言って、母は葡萄のアレキサンドリアが好きだったから、途中の果物屋でよくそれを買っていった。その金がどこから出たのかはよくわからない。姉の小遣いだけではなく、松田の婆やの配慮もあったのではないか。

もっとあとになると、土曜日から泊りがけで遊びにゆくこともままあった。そして母はやさしく、「楡家」のなかで多少オーバーに書いたように御馳走してくれたり、土産物をもたせてくれたりした。

中学へはいってからは、私は自転車で梅ガ丘の家へ行った。青山からの距離はかなりあり、車で通った道を自転車で行くことは冒険のようでもあったが、あんがい短時間で着くことができた。それ以来、私は他の兄妹に関係なく、一人でしばしば母のもとへ通った。といっても、ずっと母と過すわけではなく、その家に住んでいる従兄と遊ぶことのほうが大きな目的であったともいえる。

病院の裏手の池でコイを釣った。が、滅多には釣れなかった。夜中に残飯を入れたドラム罐のなかにはいっていた二、三匹のネズミを空気銃で射ち殺したこともあった。

梅ガ丘の病院の敷地は広く、裏手にはちょっとした農場もあり、また豚や七面鳥や鶏などが飼われていた。豚を殺すところも一度見た。これは凄じい悲劇であった。その割にはその肉は固くてうまくなかった。七面鳥もクリスマスに食べたが、それほどおいしいとは思わなかった。

この七面鳥という鳥は大きくて気が強く、子供などが敷地にはいると凄い勢いで追いかけてくる。小学生も下級のころ、私は七面鳥がこわく、誰か大人にかかえられて鶏舎のなかに逃げこんだことがあった。すると、その柵に一羽のアヒルがいて、ちょうど前にきた私の鼻にいきなり嚙みついた。かなり痛く、なにより驚いて、私はワッと泣きだしたが、私を抱いてくれていた大人は、何が原因で私が泣きだしたかはじめわからなかったらしい。

アヒルに鼻を嚙まれて泣いたというこの事件は、かなりのあいだ、みんなの失笑を買った。しかし、誰だって泣いたと思う。これがミミズに嚙まれて泣いたというのなら笑われても仕方あるまいが。

小学校のころの読書といえば、もちろん「少年倶楽部」に尽きる。「のらくろ」や「冒険ダン吉」の漫画もおもしろかったが、現在の子供雑誌に比べ、読物、小説が主流になっていた。吉川英治、佐藤紅緑、山中峯太郎、平田晋策、南洋一郎、海野十三などの少年小説に、いかに熱中し夢中になったことか。いわゆる熱血小説、冒険小説、科学小説のたぐいである。ユーモア小説では佐々木邦のものが出色であった。少しおくれて、江戸川乱歩が「怪人二十面相」

などの子供ものを書きだした。

これら「神州天馬俠」「紅顔美談」「敵中横断三百里」「昭和遊撃隊」「緑の無人島」「浮かぶ飛行島」「苦心の学友」などは、いま読み返してみてもなかなか——懐かしさが半分であろうが、それを越えて十分におもしろい。文章のよいのは吉川英治、佐藤紅緑、佐々木邦などであろう。

私は児童漫画も好きだが、現在の子供雑誌がほとんど漫画ばかりになって、むかしのようにすぐれた少年小説が皆無になってしまったことには首をかしげざるを得ない。

そのうえ「少年倶楽部」には付録がついていた。スゴロクや手品の道具のこともあったが、いちばん多かったのはボール紙で飛行機や軍艦を組立てる式のものだった。

とにかくかなりのちまで、「少年倶楽部」以外のものを私はほとんど読んでいない。唯一といってよい例外は、子供ものの「アラビアンナイト」を読んで、非常に誘きつけられたことである。そのとき、私は風邪をひいて寝床で寝ながら、その絵入りの本を読んだ。すると、その幾重にもこんがらかった、複雑怪奇な物語にすっかり魅せられ昂奮し、そのため熱が一度以上ものぼってしまったものだ。それが引金となって、私はいくらかの童話を読んだが、その数は平均よりずっと少なかったと思う。

箱根と共に忘れがたい思い出は、小学校の後半ころから、母が夏を葉山や逗子の海岸で過すようになり、夏休みの前半を私たち子供らもそこへ行けるようになったことであった。

山はむかしから周知のものであったが、海には新鮮な未知の魅惑が含まれていた。

母は多く鍵屋という旅館に泊った。この宿が子供心になんとも素敵に思えたのは、朝晩の食事は定食だが、昼には好きなものをとれるメニューを持ってくることであった。(私は大人になるまでホテルというところに泊ったことはない)。憧れのカツ・サンドもあって、私は今度こそふんだんにそれを食べることができた。木村屋が小学校に売りにくる三十銭(上級生のころの値)のカツ・サンドよりおそらくずっと上等なものを。

私たちはとうに泳げるようになっていた。しかし、はじめのうちは浮袋をつけて、波打際でボシャボシャやっていた。

ともあれ、夏の海岸は暑く、黒ん坊大会などがもよおされ、熱い砂地は駈けねばならぬほど熱気に火照っていたのは、それだけですばらしいことといえた。なぜなら、箱根で強羅公園のプールに泳ぎにいけるのは、摂氏二十何度以上の日でないと父が許してくれなかったからだ。

この海辺で、私はおそらく「生涯最高に得意な時」というべきものを味わった。

それは海浜で映画大会があった夜のことである。丸太が組まれたところに大きな白布がはられ、そこで映画が映された。それを見終ってからか、或いはつまらなくて途中で抜けだしたのかはよく覚えていない。私は姉と海浜の端に並ぶヨシズ張りの小屋を覗いて歩いた。かき氷などを売っている店々である。

そのなかに、一軒のボットル屋があった。ボットルというのは現在は見かけないが、要するに短い長方型の木の棒を十箇、台のうえにつみかさねておき、こちらからボールをぶっつけて落とすのである。全部落とすと賞品が貰える。

箱根の強羅駅の下にもボットル屋があり、私たちは毎年、頻繁に遊んでいた。それで、私はボットル落としにはいささか自信があった。

箱根のボットル屋は、ボール五箇で十銭であった。ところが、この海岸のそれは、ボールが三箇しかなく、しかし五銭だった。しかも、立看板によると、そのボットル屋の開業記念日に当るため、本日にかぎり全部落とした方には西瓜一箇進呈、とある。

次から次へと大人の客が懸命にボールを投げている。しかしボールはたった三箇しかないから、ボットルを全部落とした者は一人だに出ない。ちょうど姉が二十銭持っていた。彼女はそれを私に与え、やってみろと言った。

私は進みでた。途方もない檜舞台に出る心境であった。ボットル落としにはコツがある。たとえ中央にボールをぶっつけても、残ったボットルが左右に散ったり、或いは横倒しになっては的が小さくなってむずかしくなる。

私は自分でもふしぎなほどおもむろにかまえ、そして投げた。野球でピッチャーをやるときよりも真剣であった。そして、結論をいってしまえば、私は二十銭ぶん四回を試み、その二回をものの見事に全部ボットルを落としてしまったのである。

おやじさんが、二箇の大きな西瓜を私に手渡してくれた。私は辛うじてそれをかかえたが、歩こうとすると西瓜が落っこちそうになった。すると姉が駈け寄ってきて、一箇を持ってくれた。そして私たちがその場を退場しようとしたとき、周囲に黒山の見物人のあいだから拍手が起った。まさに、わが人生最良のときというべきではあるまいか。

海で泳ぐこと以上に、海浜で貝やヤドカリや海草を集めるのが私の好みであった。浅い水たまりには小さな魚も泳いだり砂にもぐったりしていたが、これはどんなに追いかけても摑まらなかった。

波打際に、よく砂で大きな城をつくった。厳重に高い塀をも盛りあげた。しかし、潮が満ちてくると、次第次第に波が押寄せ、懸命に手で押えても、ついにはせっかくの城も崩れ落ちてしまうのだった。無我夢中の奮闘のなかに、はかない気分もちょっぴりした。

母は宿に泊るほかに、ある一夏、一軒の小さな家を借りていたことがある。たしか私が小学校五年の夏だったのではなかろうか。その小ぢんまりした家は、宿に比べ、夜はしんとして寂しかった。

そして、そういう夜、三晩連続のラジオドラマの放送があり、それは海野十三原作の「火星兵団」という少年科学小説だった。子供にとっては奇怪で不気味な物語ともいえた。私は床に横になってそれを聞いていたが、折から雷鳴が近づいてきて、ラジオにしきりと雑音がはいるときなど、正直いってこわかった。

また逆に、夜の寝床で何をすることもなく退屈なこともあった。しかし私の読む本とてなかった。姉はおませでたいそうの読書家で、二歳ちがいなのにもかかわらず、岩波文庫などをどっさり持ってきていた。

私は岩波文庫というものを生来苦手と思っていた。それには絵もないし、いかにもむずかしげであったからだ。しかし、そのときはいかにも退屈だったから、ついその一冊を手にとってみると、「グリム童話集」とあった。

童話なら大丈夫だろうと読みだすと、予想以上に興味ぶかかった。私はその家で、たしか四冊になっていた「グリム童話集」を全部読んだ。今から思うと、先の「アラビアンナイト」と共に、かすかな文学への開眼だったかもしれない。

ともあれ、少年期の夏休みの多くを海と山の双方で暮せたということは、恥ずかしいほど幸福だったと今更のように思う。たとえ父母が別居していようとも。

兄が十一歳も上で、ふだん遊び相手でないことは前に記した。しかし、まるきり関係がなかったわけではない。

一時、玩具のヨーヨーが流行したことがある。猫も杓子もヨーヨーをやった。なかでも兄は、青南堂などで売っていない、赤と緑に塗られてエナメルのように光沢のある高級なヨーヨーを持っていた。

しかも兄はヨーヨーの技術にいやに秀でていた。単に上下運動をするだけでなく、水平にヨーヨーを投げて、またするすると手元に引き寄せるのだった。そのヨーヨーはまさしく生き物のように動いた。そのさまをいつも私は感嘆して、羨ましげに見ていた。正直いって、そのような高級なヨーヨーが欲しくてたまらなかったのだが、私の買物は青南堂に限られていた。

また或る日、私は二階の兄の部屋に忍びこんだ。机の引出しをあけ、もう大学生になっている兄の持物を仔細に点検した。すると、そこに丸い罐にはいった画鋲があった。どこにでもある画鋲だが、そのときの私にはなんとなくすばらしい宝物のように思えた。それで、その五つ六つを失敬して、手に握って部屋を出た。ところが階下に降りると、たまたま兄が向こうからやってくる。私は反射的に逃げた。兄はあやしいと思ったらしく追ってきた。

とうとう洗面所のところで兄に追いつかれ、掌の画鋲を発見され、まきあげられ叱責された。そのあと、私は便所のなかにはいって大声で泣いた。松田の婆やがやってきてなだめてくれるまで泣きつづけた。幼児のころから、便所というところは私の隠れて泣くための場所でもあったようだ。

兄は絵がうまかった。なかんずく飛行機マニアであったから、飛行機の絵を無数に描いた。それも水彩絵具で丹念に彩色された、写真のような見事な絵を描くのだった。兄は自室の畳のうえに数十枚の苦心の絵をひろげて、私に見せ、かつその名前を私に答えさせた。そのため私は子供ながら、いっぱしの飛行機通になった。

当時は「日米もし戦かはば」などという本がしきりに読まれていたから、兄は日本の軍用機が欧米のそれに劣っていることが残念でならなかった。それで、もしや新鋭機が出現しはしまいかと、しばしば立川の陸軍飛行場へ通ったりした。その飛行機マニアぶりは、「楡家」の峻一の行動にほとんどそのまま書いてある。私も兄のお供をして立川へゆき、胸をどきどきさせて飛行場のまえの道を何回も往復したものだ。

私もまた兄の影響で、飛行機の絵をしきりに描いた。そして学校での図画も正直にいってうまく、いつも四重丸で教室に貼りだされた。東京市の小学生図画展などの賞状を何回も貰った。なかでも最大のものは、パステルで描いた枇杷の絵が日独伊親善図画というのに入賞し、ばかげて大きな賞状と陶器の賞品を貰ったことである。その賞状の大きさは横幅がたしかに一メートル近くもあった。ともあれ、その作品はドイツへ渡ったのにちがいなく、後年私は、

「ぼくの絵のまえで、ヒットラーがはたと足をとめたそうだ」

というホラ話を発明した。

ただ残念なことに、私の家は太平洋戦争の空襲で全焼し、小、中学校時代の優等免状（金縁のため金免状と呼ばれた）や前記の賞状、四重丸のついた多くの絵をすべて焼失していることである。

物事は長くつづけなければダメなもので、私は中学三年以来（四年から図画は課目になかっ

た）ずっと絵を描いていないし、特に古今の絵画を鑑賞もしていないので、現在の私は決して絵がうまくはない。

従って信用しない人もあろうが、当時は永井先生という図画の先生に特に目をかけられていた。また自宅でも、「少年倶楽部」にでている樺島勝一の絵を模写したりした。樺島勝一の絵は写真を思わせるような微細画で、山中峯太郎や南洋一郎などの小説の插絵を描いた。猛獣や軍艦の絵がことに得意で、子供たちの小さな胸を熱狂させてくれたものである。

その樺島勝一の原色の虎の絵を私は長い時間をかけて模写をした。あの絵一枚でも残っておれば、人は私の話を信じてくれるであろうのに。日独伊親善図画のばかでっかい賞状も、それが焼けた今となってはつくづくと惜しい。

第五章　小さな押入れのことなど

ふたたび小学校の思い出に戻ろう。

まだ低学年のころ、福岡先生は夕刻、私の家の近所をよく自転車に乗って走っていた。運動のためと、当時は自転車に乗ることが流行していたせいもあろう。

ある日、私が小さな自転車に乗って小路を走っていると、私の家のまえを通る道を、福岡先生が自転車で疾走してゆくのが見えた。その姿はなかなか颯爽としていた。私はなぜとなく嬉しく、そのあとを追った。大人の自転車のあとをつけるのだから、こちらはせい一杯ペダルをこがねばならなかった。

道は脳病院の原っぱのまえを通り、やがて細まって立山墓地の生垣のわきを過ぎるようになる。しばらく行くと、左手に墓地の入口がある。福岡先生はかなりのスピードでそこを曲ろうとした。すると、墓地の砂利道に辷《すべ》ったのだろう。凄じい勢いで転倒してしまった。それまで颯爽としていただけに、いささかみっともない転び様といえた。

そのとき私はどうしたか。なにか見てはならぬものを見てしまったような気がして、慌てて懸命に道を引返したのである。罪悪感のようなものまで訪れた。先生がみっともなく転ぶということが信じられなかった。それほど当時、私は純情に先生を尊敬していたのであろう。

また昭和十二年、私の十歳のとき、日中事変が起った。事変とはじめ呼ばれたが、それはまぎれもない戦争であり、日本軍はすばやく進軍していった。福岡先生は、戦地の兵隊さんの御苦労をしのんで、これから毎週の木曜日は、弁当は日の丸弁当、つまり梅干一粒だけの弁当にしましょう、と言った。

次の週の木曜日、私が登校するため小路を歩いてゆくと、すぐまえを福岡先生が同じく歩いてゆく。その後ろ姿を見た瞬間、私は日の丸弁当のことを思いだした。私はそれを忘れてしまっていて、その日もふつうの菜のはいった弁当をランドセルに入れていたわけである。ほんのわずかの時間、私はさまざまに逡巡したようだ。それから先生に追いついて、実はうっかりして日の丸弁当の日を忘れてしまった、とあやまった。ところが、先生自体、そのことをすっかり忘れていたのだ。

「なに、日の丸弁当？　そんなことを決めたっけな？」

このとき、私は安堵するよりもがっかりし、少しばかり先生に不信の念を抱いたことは事実である。

しかし、福岡先生は立派な先生であった。小学校から大学まで私はさまざまな多数の先生に接したが、たしかに恩師という名にふさわしい方であった。ふつうだったら卒業するまで担任であるはずのところ、たしか私が四年生の折、校庭でどこかの小学校の先生たちとの野球対抗戦があった。そのとき福岡先生は長打を打って本塁まで辷りこんだところ、足を骨折した。そのため、しばらくのあいだ私のクラスは代行の先生によって教えられ、五年のとき津田、六年のとき小林という先生が担任になった。

残念なことに福岡先生は太平洋戦争末期に亡くなられた。死因は栄養失調死である。先生は配給のものしか食べなかった。当時の配給だけではとても生きてゆけず、都会の住民の大部分が闇に頼っていたのだが、先生は断乎として闇の食物を口にしなかった。Hという小学校の同級生がいて、その中学時代の追憶によると、先生の息子さんと同級であったのだが、彼の弁当は少量の煎った大豆ばかりで、それが弁当箱のなかでカラカラと音を立てていたそうである。食物を先生のところに持っていっても、「闇のものは」と言って受取らなかった。わずかに、「これは自宅の庭で作ったカボチャですから」と言うと、カボチャだけは受けとられたとHが話してくれた。

小学校でも中学ほどではないが、先生に渾名をつけた。主に発音を変えたもので、浜中（ハマチュウ）、小林（コバチョ）、向井（ムカデン）、大沼（ギョロメ）、石上（ガミ）、永井（カンザブロウ）などで、福岡先生には特に渾名がなかった。生真面目な先生であったことの証拠であろう。
小学校での思い出は今となってはかなり霞んでいるが、一度低学年のころ学芸会でたいそうおもしろい芝居を見たことがある。上級生の劇で、題は「塚原卜伝」といった。最後に卜伝が、十数名の相手をむこうにまわして大立回りをやる。バッタバッタと敵を薙ぎたおす。強いのも道理、卜伝の持つ刀は厚いボール紙でつくられており、それに立向う相手の刀は単に新聞紙を丸めたものだったのだ。そのため一、二度打ちあうと、新聞紙の刀は真二つに折れてしまい、これでは卜伝が勝つのは当り前という芝居であった。

逆にものものしかったのは、教育勅語の奉読のときであった。講堂に全生徒が集められ、そのまえでこのうえなく厳かに式典は進行する。

まず副校長が正面の壇のカーテンの裏側から（金庫でもあるのかと思った）、なにやら金キラキンの巻物をのせた三方を取りだしてくる。後ずさりをして横に向きを変え、これを校長に手渡し、また後ずさりして去ってゆく。その間、双方とも何遍もお辞儀をする。

校長はうやうやしく、無類の時間をかけて巻物をほぐしてゆく。それから独特の声で奉読がはじまる。

「朕惟《チンオモ》フニ我カ皇祖皇宗国ヲ肇《ハジ》ムルコト宏遠《コウエン》ニ徳ヲ樹《タ》ツルコト深厚ナリ我カ臣民克《ヨ》ク忠ニ克《ヨ》ク孝ニ億兆心ヲ一ニシテ世々厥《ソ》ノ美ヲ済《ナ》セルハ此レ我カ国体ノ精華ニシテ教育ノ淵源《エンゲン》亦実ニ此ニ存ス爾《ナンジ》臣民父母ニ孝ニ兄弟ニ友ニ夫婦相和シ朋友相信シ……」

このあいだ、私たち生徒は頭を下げたまま、じっと奉読の終るのを待っているのである。安岡章太郎氏は「夫婦相和シ」を「夫婦は鰯《いわし》」と聞き、おかしくてたまらなかったと記している。私はそうは聞きとらなかったが、なにぶんこの儀式はあまりに仰々しく、あまりに厳粛にすぎたので、かえっておかしみを誘った。あるとき私はプッと吹き出しかけて、慌てて咳こんだふりをしてごまかしたことがある。

代々木練兵場で観兵式などがあって、天皇陛下が青山通りを通られるとき、私たち生徒は沿道に整列してこれを迎えた。御馬車か御車が、まだはるか彼方にいるとき、早くも「礼！」という号令がかけられ、私たちはふかぶかと頭をたれた。そして陛下が通過してしまうまで頭をあげてはいけないのであった。陛下の玉顔を直接目で見ると、目がつぶれるとも言われたものだ。

戦後、陛下が日本全国を御巡幸なさったころ、父は山形県に疎開していた。そこに陛下に歌の御進講をせよとの下達である。忠君愛国者である父としては、光栄というより困惑が先に立ったらしい。なぜなら父はそのころ回虫がいて、その回虫がしばしば口から出てくることがあった。もし御進講中にムシが口から出たりしたら切腹ものだと思った。もう一つ、父は小用が極めて近い。それでしびんの代りに、小水用のバケツを常に身近に置いていた。汽車に乗るときもそのバケツを持って旅をした。そこで、父は御進講の当日、バケツを持って陛下の宿へ行ったのである。ただし、新品のバケツにした。

今の若い人には想像もつかなかろうが、とにかくむかし、天皇、国家、教育勅語などはそんなような具合であった。

祭日には学校は休みであったが、まったくの休日ではなく、一応登校して講話など聞き、それから紅白のラクガンを貰って帰ってきた。ごく稀に鳥の子餅のことがあり、これはずいぶんとおいしかった。だがラクガンはうまくなく、一部の生徒はこれを割ってぶつけあったりして下校したものだ。

またひょいと、ずっと幼年期のことを憶いだした。

ボルドーと共に、ぜひとも記憶しておきたい飲物のことで、その名をドリコノといった。当時は出版社の講談社に販売部のようなものがあり、いろんなものを売っていたが、このドリコノもそこで扱っていた。蜂蜜のような飴色をした濃縮液で、水で薄めて飲むのである。私は居間の戸棚のなかからこの瓶《びん》を取出して、ときどき飲んだ。しかし、あまり頻繁に飲むと叱られるため、一度でいいから、もういいというほど飽きるまで飲んでみたかった。

ある日、私は大人たちの隙を見て、ドリコノの瓶を持ちだした。そして人のいない洗面所へゆき、かなり大きな洗面器のなかにドリコノの液をドボドボとそそいだ。それに水道の蛇口から水を入れると、洗面器一杯の量になってしまった。しかし、私は洗面器に直接口をあててそれを飲んだ。半分ほども飲むと、さすがに堪能したというか、腹がガブガブになってしまった。

残りは捨てた。この日を境として、私のドリコノ熱はかなりさめた。

懐かしい菓子といえば、駄菓子であり、松田の婆やの親類の者が持ってきてくれる芋羊羹であり、かつグリコである。グリコには、「一粒三百メートル」と記してあった。一粒食べれば三百メートル走れるというのである。それゆえ、運動会のまえなどにしきりにしゃぶった。十粒も食べれば三千メートルは走れるはずだのに、なにぶん私は足が遅かったから、駈けっこではたいていビリのほうであった。

隣の脳病院にもよく遊びに行った。正式の名は青山脳病科病院で、私が小学校へはいってまもなく前部を新築し、外観はなかなかしゃれた病院になっていた。そこには診察室や事務室があり、二階は特等の病室になっていたが、私が主に遊びにゆくのは、その裏手の一般病棟であった。ドアをノックすると、鍵束をじゃらつかして看護婦さんがそこを開けてくれた。こうしてドアに常に鍵がかけられているところが、やはり精神病院らしかった。

患者さんたちは、それほど異常とは思えなかった。へらへら笑ったり、じっと黙りこくっている人もいたが、私はずっと幼いころから病棟に出入りしているので、世間の一般の人々のように、精神病者がとりわけ変っているとか怖ろしいとかとは思わなかった。もっとも、狂暴性をもっていたりする患者さんは松原の本院に送られ、青山には概しておとなしい患者さんだけがいたことも一因であったろう。

広い賄のわきに看護婦さんの詰所があり、私はそこで焼芋だの蜜柑などを貰った。その隣が娯楽室といって、玉突き台の置いてあるかなり広い部屋になっていた。私は医者や患者さんとまじって玉突きもやったが、より多く、玉突台の上に板をかぶせてネットをはり、ピンポンをやった。

うしろへ退るスペースがないので、当然ショートで打ちあった。そのため私はショートが得手になり、かなりのスマッシュをも壁のごとく受けることができるようになった。後年、私が松本高校の卓球部の選手になったときも、このショート打法であった。

「狂詩」という私の初期の短篇があるが、このなかに脳病院での思い出が記されている。孫悟空さんという人物は半ば実在したが、小説中のその行為の半分は造り話である。Nさんという女患者は本当にいた。彼女はときどきへらへらとふぬけたように笑うほか、これといって変ったところもない女であった。しかし、ある日のこと、私は彼女の髪からピンを奪った。Nさんはへらへら笑いながら追ってくる。私が鬼ごっこのようなつもりでピンポン台の周囲を逃げまわっていると、彼女は突然憤怒の形相となり、凄まじい勢いで私にむかってピンポンのバットをぶつけた。

ずっとのちに私が医者になり、或る精神病院を見学にいったとき、このNさんがまだ生きてそこに入院していることを知らされた。彼女はさすがに老いていたが、まだ元気に炊事の手伝いなどをしていた。

「あなた、ぼくのことを覚えている？」

と問うても、彼女は私にまったく関心を示さず、ただふぬけたような笑いを洩らすばかりであった。

戦後、精神病患者の治癒率は大幅に高まったが、Nさんのように進行してしまったあるタイプの分裂病患者は、一生を病院で送るということもしばしばだ。精神科医の悲哀もそこに生じてくるのである。

一方、私は精神病院に生れ、幼いころから患者さんに接してきた。そのため、世間の精神病者に対する偏見や誤解、殊さらにそれを怖れるという風潮には抵抗がある。なるほど或る種の病人は社会にとって危険である。といって、それは精神病者全体のごく一部にすぎない。意外と、人間のなかでこれほど純な人もあるまいという患者さんにしばしばぶつかる。

私は小学校五年のときまで、自分の部屋というものを持たなかった。その代りに、寝室の七畳半の押入れの、下の段を貰っていた。そのなかに、自分の持物をぎっしりとつめていた。蜜柑箱に紙をはった、私にとっては宝物の箱が五つくらいあった。内容はブリキのピストル、高射砲の玩具、砂鉄のはいった瓶、建築現場から持ってきた一寸釘や鎹《かすがい》、そのほか友人に貰った年賀状や自分の絵や、各種の賞状、通信簿などをみんな保存していた。「少年倶楽部」などもぎっしり積まれてあった。

更に私はこの押入れのなかに小さな卓袱台《ちゃぶだい》を持ちこみ、小さな座布団を敷いた。そこに坐り、唐紙を閉め、なかで懐中電燈をつけてごそごそやっているのが好きであった。


押入れにひそむこの子よ父われのわるきところのみ伝はりけらし

という父の歌があるが、これはその状態を詠んだものである。

年に一度、大晦日の日に、この押入れの大掃除をやった。まさしく大掃除といってよく、蜜柑箱の内容を全部七畳半の畳のうえにぶちまけ、整理したり入れ替えたりした。

ところが私は、てきぱきとその作業をやらなかった。何枚もの絵に見入ったり、むかしの日記帳――小学校のはじめから私は日記をつけたが、たいてい一月の中頃で中絶してしまったものだ――を読み返したり、新聞の切抜きの棋譜を見直したりするのだから、いつになっても埒があかなかった。ある年の暮など、夕食も済んで、もう八時半になるというのに、まだ畳のうえは一面にガラクタが散らばっている有様で、通りかかる大人には叱られるし、私自身ベソをかきたくなった。

三年生くらいのころだったか、私はこの押入れで一つの遊びを発明した。卓袱台をずっと奥の壁ぎわに置き、そのうえに野球のミットをのせた。そして七畳半のはずれの電話室から、そのミットをめがけてボールを投げた。ゴムマリではなく、軟式野球用の硬いボールである。ミットに当ればストライク、外れればボールであった。ミットひとつではストライクのコースが

狭いから、当然フォァボールも多く出た。押しだしで三点くらい取られる回もあった。すると私は、

「ピッチャー交替」

と胸のうちでつぶやき、別の投手になったつもりで次の動作にはいった。

なにぶん全力投球をやるので、ついにミットの周辺の壁が壊れだした。ついには崩れてき、下の芯がむきだしになった。大工がきて、壁のうえに木を貼ってくれた。それにしても、壁が崩れるまで一人野球をやったのだから、やはりどこか変っていたのかもしれない。

大晦日の押入れの掃除がうまく終ると、そこに姉と妹と私との布団が敷かれた。しかし小学校時代に何回か、私は寝ないで起きていて、十一時すぎから明治神宮の参拝に大人たちに連れていかれた。参道はたいへんな混雑である。神社のまえはなかんずく人の渦で、大人からはぐれないようにするのがせい一杯であった。それでも、そんな遅い時間に外へ出かけるということは一種のスリルがあった。

ある年の正月の日記に、

「明治神宮からもどってきて、ゆかいになって、婆やの枕元で少し踊った」

という意をたしか私は書いている。日記帳も戦災で焼けてしまったが、どういうものかそう記述したことを未だに覚えている。

現代は食生活でもなんでも、戦前よりずっと贅沢になった。よくないことと思うが、私にしても稀に高級レストランにまだ小学生の娘を連れてゆくこともある。

戦前は、万事にずっと質素であった。父は食いしん坊だったにもかかわらず、山形の田舎出の素朴な出身のせいもあって、ふだんは御馳走をさほど求めなかった。唯一の例外はウナギで、これは好物を通り越して信仰のようなものがあり、しょっちゅうウナギをとっていたが、多くは自分一人だけ食べていた。父のある年頃からその生涯に幾回ウナギを食べたか、その日記から数えた人もいる。おどろくべき回数だったと思う。

家での食事で最大の御馳走はまあスキヤキであるといってよかった。ビーフ・ステーキなどを家で食べた記憶がない。しかし、むかし家に勤めていた古い女中さんの話によると、ある時期からわが家は贅沢になったという。それは、あるときスキヤキのときに、カレイか何かの煮魚を先に出した。すると父はたいそうそれが気に入り、スキヤキの日にも何か魚を求めたというのだ。

スキヤキのまえに魚を食べるというのはちょっとおかしいといってよいが、つまりスキヤキの肉がかなり少量しかなかったのである。はじめにみんなが大急ぎで肉を狙って食べると、それだけでもう肉はなくなってしまう。結局はあとで、わずかに野菜や豆腐が残っている汁を御飯にかけて食べるというのが実状であった。

トロロ汁などの日には、菜は他になかった。しかしトロロ汁はおいしく、かつ消化がいいというところから、いくらでも食べられた。あるとき従兄たちと食べっくらをしたとき、上の従兄は十一杯御飯を食べた。

朝、私は婆やや女中さんたちと一緒に食事をした。味噌汁とおかずは何種かの佃煮とか梅干などが主なものであった。ただ佃煮にせよドンブリに一杯に盛ってあるので、かえって豪勢な感じがした。あまりおいしいので、私はこれと同じ食物屋をひらいたら儲かると、小学校時代考えたことがある。

外へ食べにゆくことは滅多になかった。誕生日などのときに、父は子供たちを連れ銀座に出かけたが、中流の上といった格式の「オリンピック」がほとんどであった。しかし、ここの蝦フライは子供心にはなんとも豪華に思えた。これはよほど印象に残っているらしく、私は「楡家」のなかで、峻一がウエーク島で飢える場面に、この蝦フライのことをいやに詳細に記している。

父の連れていってくれるいちばん上等の店は、「天金」のテンプラくらいであったろう。私は戦前、寿司をカウンターで食べたことは一度もない。

それに比べると、母はずっと贅沢であった。一度、私と二人きりで、料亭のようなところで夕食をとったことがあるが、女中さんがずっとついて給仕してくれるので、私は恥ずかしくて困り、もじもじしていた。またこれも一度、どこか地下のレストランに連れていかれたことがある。ボーイがすばらしく大きな銀製の皿を持ってきたが、そこにはハムやらソーセージやら各種の肉類がごっそり積まれていて、それをいくらとってもよいのだった。幼少期、私はあんな豪勢な思いをしたことは一度しかない。

といっても、家の冷蔵庫からひそかにウインナ・ソーセージとかレバー・ソーセージなどをつまみ喰いするのは、レストランの料理にひけをとらず、殊さらにおいしく思えた。ウインナ・ソーセージは皮がぷりぷりしていて、それを嚙み破るときがなんともいえなかった。むかしの冷蔵庫は、むろん氷屋が氷を持ってくるのだった。大きな鋸で氷をシャキシャキと切っている風景は、そのまま夏の風物詩といえた。

冬に雪が降ると、私は自家製のアイスクリームをつくった。たしか「少年倶楽部」にその製造法が出ていた。小さな空罐に卵と牛乳と砂糖をまぜたものを入れ、大きな空罐のなかに入れる。そして、その隙間を雪に塩をまぜたものを詰めるというやり方だった。しかし、そううまくは中身は固まってくれず、せいぜい一部がどろりとしたくらいのアイスクリームを味わえるだけであった。

こんな具合に、私の少年時代はまず泰平至極で幸福であったといってよい。だが、やがて一つのつまずき、一つの蹉跌が私の運命をかなり変えた。

小学校五年生の冬、正月がすぎた一月半ばに、突然急性腎炎を病んだのである。かなりのあいだ絶対安静で、また蛋白質とか塩分を完全に絶つ食生活を強いられねばならなかった。この病気については、「幽霊」にくわしく体験を書いた。

はじめはだるくつらく、その時期が過ぎると、今度は寝たきりで何もできぬという退屈な日々がつづいた。結局、ほぼ全治するまでに三ヵ月かかり、五年の三学期を全休することになった。

宇賀田先生という内科医に父が頼んでくれた。私の尿は毎日、宇賀田医院にとどけられ、その検査によると蛋白や赤血球はなかなか減らなかった。

なによりも悲しかったのは、そうした私をやさしく看病してくれる存在、松田の婆やがすでにこの世にいなかったことだ(「幽霊」のなかではまだ婆やは存在している)。彼女は前年の十一月、脳出血のため、何日か昏睡をつづけたまま、この世を去ったのである(「楡家」のなかでは癌で死亡することになっている)。私たち子供らはひとしく泣いた。なかんずく私は、これでもう自分を保護する者がいなくなったという意識で、便所のなかに隠れて長いこと泣いた。

私は婆やの死について、これ以上書きたくない。ただ彼女の死んだ日の父の日記の末尾を引用しておく。

「松田やを(本名ナカ)、文久三年十月廿五日生(七十六歳)明治二十三年出郷、四十九年間此処ニヰタ」

以前の風邪などと違い、食事はカユのほか、梅干もカツオ節も食べられなかった。香のものも塩気があるというので禁じられた。パンにつけるバターさえも。はじめのうちは味っけもない芋粥ばかり食べていたのを覚えている。

野菜などに味つけするのに、無塩醬油、無塩塩《じお》、さらに無塩バターというのがこの世にあることを、私ははじめて知った。いずれもまずく、徒らに薬品じみた味がするばかりだった。のちにふつうのバターを許される日がきたとき、私はその味もないと思っていたバターがいかに塩辛いものであるかに一驚したものだ。

だんだんと病気がよくなってからも、最大の御馳走は、白身の魚の刺身（むろん無塩醬油である）、白身をぬいた卵の茶碗むしくらいであった。塩味がないことは、すべての食物を味気なくさせ、想像以上に情けなかった。

それでも、やがて床のなかで読書するくらいは許されるようになった。退屈さから、むさぼるように私は何冊かの本を繰返し読んだ。それも、主としてまえから好きになっていた虫の本である。平山修次郎著「昆虫図譜」、加藤正世著「趣味の昆虫採集」、ファーブル著「科学物語」、大島正満著「動物物語」、それから小学館から出ていた少年叢書の「虫の世界」などであった。

これらの本を、一体何度読み返したかわからない。「昆虫図譜」により、これまで私の知っている虫の正確な和名を知り、知らない虫の名まで覚えた。

戸外は冬で、虫たちの活動する日にはまだ遠かった。しかし私は、本から種々の採集法を覚えた。たとえば腐った肉を入れた瓶を土中に埋めておけばシデムシなどが集まってきて中に落下する。砂糖と焼酎をまぜた糖蜜をくぬぎの幹に塗っておけば、夜、そこにはカブトムシやカナブンや夜蛾などが集まってくる由だ。そこで私は、床のなかで目をつぶって、昆虫の世界が華やかになったころは病気も治るだろうから、そのとき自分がいかなる方法で彼らを捕えるかじっと夢想した。それから本格的な標本の作り方をも。

大島氏の「動物物語」は虫のことは少なかったが、それなりにおもしろかった。氷のうえにいる人間をひっくり返してそれを食べようとするシャチの絵も載っていたし、クジラに呑みこまれながら生きてその胃袋から助けだされた男の話も載っていた。

のちに私が文筆業にはいったとき、この「動物物語」のことを随筆に書いた。そして戦災で本を失ってしまっているので、もしお持ちの方はおゆずり頂きたいと付記をした。すると、七、八人もの方が直接本を送ってこられた。私は余分を返送するのもわるいと思ったので、代りに自費出版本の「幽霊」を送った。そのときは「幽霊」は箱入りのもっと立派なものが発行されていたが、まだ自費出版本がかなり手元にあったので、それを送ったのである。一つにはケチの精神もあったかもしれないし、一つには本屋で入手できない本という意味合をこめてであった。ところが、沢山あった自費出版本も出鱈目に人にやってしまって私の手元に二冊しか残らなくなったころ、いわゆる初版本、限定本ブームが起きた。「幽霊」の自費出版本はもともと部数が少ないうえ、返本の多くを断裁してしまったため、稀覯《きこう》本ということになって、昨今では自分でもあきれ、こわくなるくらいの値がついている。これまでの私の著書のなかで圧倒的に高い。それを古書店の雑誌などで見て、正直の話、いささか残念の気もしたことは事実である。

「動物物語」を買ってくれたのは、たしか米国《よねくに》叔父さんであった。彼は農学部に学び、博物学が好きで、私の昆虫採集の手ほどきをしてくれたものだ。

また私は茸を栽培したことがある。「少年倶楽部」に広告が載っていて、広口瓶にオガクズを米のとぎ汁で湿したものをつめ、殺菌し、これにその研究所で売っている茸の菌糸を植える。私はさんざ苦労して、とにかく十何本かの広口瓶にナメタケを生やすことに成功した。たしか腎臓病になった年のことであったと思う。

米国叔父さんはそれを讃め、

「虫よりも食べられるもののほうがいいなあ」

と言った。

この茸の栽培については、「為助叔父」という小説にくわしく書いた。この為助叔父にしろ、「楡家」に登場する米国叔父にしろ、すこぶる奇妙な人物として描写されているが、本物の米国叔父はずっとまっとうな、私の好きな叔父の一人であった。

さて、私は前述の本をくり返し読んで、空想の羽だけをせい一杯にひろげる日常をずっと送った。この長い病臥が、後年の私の空想癖、或いは文学づくことと関係しているといっても言いすぎではないだろう。

しかし、毎日がやはりむなしく退屈で、食べたい塩味は食べられず、検尿のたびに私の尿は、試薬をまぜると相変らずおぞましい白濁を起すのであった。

第六章　腎炎の影響

　ようやく家のなかで起きられるようになったころ、私は箱根でやる紙芝居をもっと本格的な活動写真のようにしようと考えた。そこで苦心の末、ボール紙で一種の幻燈機をこしらえた。凸レンズをはめ、フィルムは細長い紙に絵を描いたもので、内部に懐中電燈を入れた。

　これは暗い白壁に映ることは映った。ただ映像がいかにも小さく、大きくしようとするとぼけてしまって、とても大勢の観賞には堪えられぬものであった。それでも私は次の夏休みに大人たちを感心させようと思い、閑にまかせて長いフィルムの絵を描いた。これにも白覆面と黒覆面の怪人が登場してくる。どうしてあのころ、あんなに覆面の怪人が好きだったのだろう。

　そんな幻燈画を描いていたのに、私は学校の教科書のおくれたぶんを一向に勉強しようとはしなかった。父もべつだん何も言わなかった。腎炎はときによりずいぶんと長い治療期間を必要とするから、心配のあまり、学校のことまで念頭に及ばなかったのであろう。

私は五年の三学期をまるまる休んだわけだが、四月から復学したとき、その間の勉強の遅れに茫然とせざるを得なかった。

しかし、そのまえはそんなことまで考えが及ばなかった。私は幻燈の絵を描き、春になっての華やかな虫の世界を空想し、およそだらだらと日を送っていた。それに、安静はまだ私に必要だったからである。

宇賀田先生は頻繁に往診してくださった。そして、私が起きられる状態に達したとき、腎炎とは別に、先生が信じている健康法、つまり皮膚を丈夫にするため「不老ブラシ」というものを私にもすすめた。このブラシで常に体をこすっていると、風邪にもかからないといい、そして先生がその実践者なのであった。不老ブラシはふつうのタワシ以上に、ずいぶんと固かった。それで皮膚をこすると、ヒリヒリしてたいそう痛い。それでも父もすすめるので、私は必死にその苦痛に耐えた。

食物も次第々々にいろんなものが食べられるようになった。しかし、カレーなどはまだとんでもない食物であった。私はカレーが好きだったから、夕食に家人はカレーということになり、その匂いが漂ってくると、本当に涙が出た。

或いは私の誕生日ということで、みんなのまえには肉とかいろんな御馳走がでる。私のまえには、もう飽々した白身の刺身と茶碗むしとが置かれていた。そんなとき、ずいぶんひどい話だと思わざるを得なかった。食物のウラミというものはたしかに奥ぶかい。

ようやく家の外へ、それも庭先へだけ出ることができたのは、もう三月にはいってからではなかったか。「幽霊」のなかで私は書いている。

「長い腎炎の臥床のあと、はじめて戸外へでることを許された日に、これと似た目新しい感覚を味わったことがあった。早春の一日であった。縁側から庭へおりたつと、霜にたがやされた黒土のしめりが、下駄をとおして素足に沁みとおってきた。ようやく歩きそめた幼児のように、僕はおずおずと足をはこび、うすい軽やかな空気を鼻孔から呼吸した。僕をとりかこむ世界は、たとえようなく新鮮で、深くひろく底が知れないように思われた」

結局、私は五年の三学期を全休し、四月からやっと学校へ通うようになったが、いざ授業に出たときは西も東もわからないという有様だった。なかんずく算術などはずっと先に進んでしまっていて、まったく見当もつきかねた。

その結果、私はかつて得意であった算術の試験に、三十七点などという点数しかとれないことになった。そのまえは、ある学年のすべての算術の試験に——一週間に一遍くらいそれがあった——ただ一度九十七点ということがあり、その他はすべて満点であったくらいだったのに。べつに威張ってそう書くわけではなく、旧制高校時代、私は数学や物理がまったくダメであった。この小学校時代、正直いって優等生であったのに、一挙に劣等生に変じた心理を私は記したいのである。

それはもの悲しく、自分で自分が厭になることであった。それに加えて、私は体力的劣等生にもなっていた。六年の一学期、まだ無理な運動を禁じられていたから、体操の時間はずっと見学者として過した。それがますます体操を苦手とさせる要因ともなった。

日中戦争はいよいよ激しくなっていて、学校でも体育が重視されてきた時期である。それなのに私は、体操をやれるようになっても鉄棒の懸垂が三回しかできなかった。ふつうの児童が十回は軽々とやっていたのに。

学問的にも体力的にも手ひどく劣等生になってしまったことは、私にかなりの影響を与えた。それまで私は、勉強ができないということを考えてもみなかった。それが現実に、私はできない生徒になってしまったのである。体力的なことはもっとこたえた。

以前は私は内気ながら、比較的まだ明るい性格であったと思う。そのため級長などにも選ばれたこともあった。それが急激に何につけ劣等的存在になってから、妙にひねこびた性格も生じてきたようだ。

勉強のほうは、二学期からがんばってかなり回復した。しかし、体力のほうはどうにもならなかった。そのため、よく覚えていないが、私は級友の机のなかに変なものを入れたり、なにか悪ふざけをするようになり、一部の生徒から嫌われた。私自身、そういう自分の存在が嫌で嫌でたまらなかった。そしてこう思った。この青南小学校のなかでは、ぼくは自他共に認めるダメな存在になってしまっている。早く中学へ行きたい。そうしたらその新天地で、ぼくはまた一からやり直して別箇の自分になれるかもしれない、と。

五月の奈良、京都への修学旅行にも行かれなかった。また、ドイツからヒットラー・ユーゲントがきて、神宮外苑の競技場でそれを迎えるため、生徒たちが駆りだされたことがある。そのずっとまえ、日独伊防共協定が締結されたからである。ヒットラー・ユーゲントの一団は、足を高くあげて場内を行進した。それこそ一糸乱れず、鉄の団結のナチス・ドイツの象徴のように見えた。そのとき、無心にそれを眺めていた私は、急に咳こみはじめた。特に気持がわるくなったのではない。偶然に咳こんだだけなのだ。しかし、担任の先生がやってきて、長時間立っていたためだろうから、君はもう家へ戻ってよいと言われた。なにかにつけ私はまだクラス全体についてゆけなかったのだ。

そんなふうにして精神的にも鬱屈していた私にとって、唯一の気晴らしは昆虫であった。春になって、裏庭や原っぱで捕えた虫を、病気中の読書によって、丁寧に本格的な標本につくった。ラベルもきちんとつけた。

そんな一日、青山通りを渋谷のほうへ行った一軒の古本屋へはいってみると、見事な虫の原色写真が表紙に載っている雑誌を見つけた。加藤正世氏の発行している「昆虫界」という雑誌の古いバックナンバーであった。私は喜びとも驚愕ともいった感情で、ほとんど恍惚となった。持っていた金でその三冊を買い、家へ戻って貯金箱をあけ、自転車でまた残りの何冊かを買いにいった。半ば学術的で半ば趣味的な同好雑誌だったが、そういう雑誌の存在をまったく知らなかっただけ、嬉しさも大きかった。あちこちの採集紀行などが特に私を魅し、夢中にさせた。

私はさっそくその会に入会しようとした。しかし、常々勉強ばかりしろといっている父の手前、その雑誌が自宅に郵送されては具合がわるい。そこで病院の運転手に頼んで、彼の名義で病院あてにこれを取り寄せることにした。

ところが、のちになってこれが父にばれた。父が病院の事務室へ行くと、そこに運転手あての「昆虫界」などという雑誌が郵送されている。このことで彼も私も、父からひどく叱られた。今にして思っても、昆虫採集などわるい趣味ではないと思うのだが、とにかく父はそういう人間であった。

多分五年になってから、私は押入れから離れ、生れてはじめて自分の部屋を与えられていた。それは玄関の横を障子で仕切って急造にこしらえた二畳の部屋である。それでも中くらいの机はあり、小さいが押入れもついていた。以前の押入れだけ与えられている身分と比べて、大した出世ともいえた。

ところが、私がふたたび登校しだし、そして成績がわるくなって以来、父はちょいちょいこの部屋に顔を出すようになった。息子が勉強しているかどうか覗きにくるのである。勉強以外の本を読んでいると叱られるので、私は机の引出しに本を入れて読み、父の来そうな気配がすると、すぐその引出しをしめた。幸い、父はばたばたとせわしい、よくひびく足音を立てるのだった。

虫に関連して、私は六年になってから、ファーブルの「昆虫記」を読むようになっていた。岩波文庫で二十分冊となっており、中学一年のとき全部読み終えた。これが私が大人の本を読んだ最初の体験である。「昆虫記」は有体にいってかなりむずかしい。それでも虫の話であったから、夢中になって読み通した。なかんずく、ファーブルの過去を語った思い出の章はとりわけ興味ぶかかった。あれは見事な文学である。

ところで小学校時代、私の作文、つまり綴り方の成績はどうだったろうか。三、四年のころは、決して下手ではなかったと思う。まだ自由題だったころで、私は「早雲山に登ったこと」とか「ヤンマを捕えたこと」などという綴り方を書き、それは先生によって教室で朗読されたりした。

福岡先生は、オニヤンマが地面を低く飛んでいって、「クルリと」向きを変えて戻ってくるという描写を讃めた。それから私がそのヤンマにむかって杖をふり、相手が見えなくなったので周囲を捜すと、草むらのなかで「バサリ」と音がした、と書いたところをしきりと讃めた。まあ小学生のことだから仕方があるまい。ちなみに擬音は文章の品位を落すこともあるので、私は純文学のときは多くを使わない。

こうした幼稚な綴り方のうちはまだよかったのだが、五年くらいになると課題作文を書かされるようになった。それも「忠孝」とか「道」とかいう題である。私にはもともと論理的頭脳はない。そこにかような題を出されては、からきし駄目になった。駄目もなにも書くことがなかなか出てこず、時間がきても半分も綴り方用紙を埋められないこともあった。

六年の鬱々とした一学期、小林先生が担任だったが、たまたま自由題が出された。そこで私は、虫と草の名をまきちらした一種の童話を書いた。かなり長いもので、べつに讃められもしなかったが、以前にはなかった空想癖の一つの現われといってよい。

作文が下手になったのはまあよいとして、なにより学課と体操の劣等になったことが悲しいことであった。

そのまえ五年になったとき、私は来るべき中学の入試にそなえて、べつの学校の数学の先生の塾に通わされた。そのころはまだ優等生だったし、与えられた問題を苦もなく解き、先生から、「これはなかなか優秀だぞ」と言われた。事実、その当時、私は習った範囲なら、一中の入試問題でもたいてい解くことができた。それなのに、腎炎のあとは、問題集にむかっても徒らに鉛筆の尻を噛むばかりなのである。つくづく、ぼくは駄目になってしまったのだなあ、と思わざるを得なかった。

話が前後するが、この塾に通いだしてすぐのこと、私はたいへん恥ずかしいことをしでかした。つまり小用に行きたくなったのだが、恥ずかしくてそれを先生に言いだしかねた。ずいぶんと我慢したのち、私はとうとう洩らしてしまったのである。この記憶からいっても、私がかなり内気な子供であったことがわかる。しかし、むかしはオシッコを洩らしても、出される問題はみんなできたのだ。そう思うと、学校へ通うのも塾へ通うのも憂鬱で味気なかった。

それでも私は、二学期からは学課のほうはかなりみんなに追いついていった。父の日記によると、二学期は全甲となっているが、体操が甲だとはどうしても信じがたい。ともあれ、学級で辛うじてできる生徒の机の列――進学に際してそういう区別がついた――にはいるようになっていた。

けれども、はっきりいって体力はどうすることもできなかった。父が心配して、庭に鉄棒をこしらえてくれたりしたが、懸垂はやはり三回がせい一杯というところであった。

食物も夏休みのころはまだ制限されていたようだ。箱根での昼食に、おかずがナスの煮つけだけの日のこと――箱根では東京よりもっと質素な食生活だった――他の者は辛いフリカケなどで食事をしていた。すると父が従兄にむかって、

「宗吉はまだフリカケはいかんから、そのナスを宗吉にあげなさい」

と言ったことを妙にはっきり覚えている。

もちろんカレーなどはまだ禁じられていた。以前、私がまだ小学校の下級生だったころ、箱根の家で昼食にカレーをつくったことがある。米国《よねくに》叔父さんなどが、

「うんと辛く。カレー粉をもっと沢山入れて」

と命令したので、松田の婆やはカレー粉をしこたま入れた。ところが、それが罐詰のアメリカ製のカレー粉で、ふつうのカレー粉の何倍も辛かった。それを無闇と入れすぎたので、その

カレーは辛すぎて誰も食べられなかった。米国叔父さんはコップに水を入れて、そこでカレーの実の肉やらジャガイモやらを洗って食べたものだ。

そんな特別製のカレーでなくとも、まだ私は好きなカレーが食べられなかった。これも学校とは別の、のっぴきならぬ悲哀につながることといってよかった。

私一箇人の悲哀とは関わりなく、中国との戦争はいよいよ拡大し、長期戦の様相をおびてきた。国内も軍国色に統一されていった。すでに女性は華美な衣服は不可とされ、うっかり長袖などを着て街へ出ると、愛国婦人会の連中にとっちめられたりした。日本は翌年、紀元二千六百年の祝典を行ったのである。

私が中学を受けるその皇紀二千六百年度の入試は、学課試験がなくなった。まず体力テストであり、あとは内申書と口頭試問によることになった。

私は四年までは金免状できたが、五年の三学期は全休しているので優等生ではない。六年もそうである。まして体力テストは最低を覚悟せねばなるまい。

腎炎を病むまで、私は自分が当然、府立一中を受けるものと思いこんでいた。しかし、こうなっては一中などとんでもない話である。

父もあれこれ心配し、私立の麻布中学校を受けるように命じた。麻布中学は、その前年まで二次試験校で、そのため一中などを落第した者が受験して入学し、やはり一種の秀才校といわれた。それが私の受験する年は一次試験校になった。そのため、受験する生徒もいくらか質が落ち、まあ以前に比べて易しかろうというのである。

それでも、私は入学試験に際して、およそ自信がなかった。父は書生に命じて、口頭試問の練習をさせたりした。それまでずっと、私は父母のことを、パパ、ママと呼んでいた。しかし、それでは時局柄まずかろうというので、お父さま、と呼ぶように改正された。

「どこで生れたか」

の問に対して、私は、

「東京の赤十字病院の……」

と口ごもり、ただ「東京です」と言えばよいと訂正された。そのほか懸垂を練習するのが日課であったが、これはどうがんばってもぜんぜん進歩しなかった。

入試などない、原っぱなどで夢中になって遊んでいられた日のことばかりが思いだされた。むかしは、カンシャク玉などでよく遊んだものだった。パチンコであちこちの塀にカンシャク玉をぶっつけ破裂させた。更に従兄と私は、家のまえの道にカンシャク玉を沢山ばらまいて、門のなかに隠れて様子を覗《うかが》っていた。通行人がくると息を殺した。たまたま女学生などがそれを踏みつけ、ビクッとしたのち、無理にすました顔でスタスタ歩きだしたりするとき、私たちの喜びようはひとしおであった。

もっとあとになって、線香ピストルなるものが巷にはやりだした。玩具のオモチャだが、線香を挿入して引金を引くと、それが短く切られて弾丸として発射されるのである。青南堂でもそれを売っていた。私たちは何丁ものピストルを買い、弾丸の線香は山ほど買い、自転車を走らせながら、ピストルの射ち合いをやった。えもいわれず、形容できないほど愉しかったものだ。

それなのに、自信もない受験とは！　そのくせ私は小学校がすっかりいやになっていたから、どうしても中学へはいりたかった。そのためいっそう試験が苦に感じられたともいえる。

試験は二日にわたって行われた。父はわざわざ学校までついてきた。そういう点は、ごく子煩悩であった。私は緊張で身がこわばるほどだった。

しかも、初日は苦手の体力テストである。はじめに屋内体育館に連れてゆかれ、薄暗いなかで、平たい踏台から跳躍を命じられた。私は懸命にとんだ。しかし、他の者の半分しかとべなかった。そのぶざまな有様を見て、軍服を着た試験官——それは麻布中学でポテ（ポテト）と渾名される准尉であったことをのちに知った——が、

「おまえ、それしかとべんのか」と、怒ったように、というよりいぶかしそうに尋ねた。

「ちょっと足をくじいているので……」

と、私はとっさに嘘をついた。そのころ、私はホラ吹きではなかった。なんとか合格したいがための、懸命のホラといってよかった。

校庭に出て、百メートルを走らされた。私の組にずいぶんと小さな少年がいた。

「あいつには勝てそうだ」

と、ひそかに思った。

ところが、いざ競走が始まってみると、私はその小さな少年にもみるみる引離されてしまった。自分でもあきれるくらい私はのろかった。

懸垂ははたして三回しかできなかった。それも鉄棒より頭が上に突きだすこともできない。厳格に採点されたとしたら零回といってもよかったであろう。

翌日は口頭試問であった。

「尊敬する人物は？」

と訊かれ、

「楠木正成と野口英世です」

と私はこたえた。正成は当時の軍国調にあわせたのである。すると先生は、野口英世はどんな研究をしたか、と尋ねた。私は子供本の「野口英世伝」を何遍も読んでいたから、くわしくそれを述べることができた。他の質問のことは忘れたが、口頭試問に関しては、うまくやったという感じであった。

そして幸いにも——きっとビリのほうだったにちがいないが——私は麻布中学校に合格した。

最近、年と共に私は寒がりになっている。むかし、小学校時代、冬でも半ズボンでよく平気だったな、としばしば考える。

中学校にはいって、なにがいちばん変ったといえば、長ズボンをはくことだったろう。それは半ば窮屈な、まったく未知の感触を足に与えた。

それをはいて、はじめて中学校に登校した日のことを私はよく覚えている。中学までは、立山墓地のわきを降り、それから人家の立込んだ道を歩いて霞町へ出る。その道すがら、すべての人の視線が私のズボンに向けられるような気持をずっと抱いていた。肩からさげるカバンにしろ、ランドセルとはおのずから違うものであった。急に何歳も齢が上になったような思いである。とにかく、私にとって本当に新天地がひらいたように感じられたのは確かなことであった。

最近、小学校の級友の一人が、むかしの卒業アルバムの写真を複写して送ってくれた。福岡先生も、五年担任の津田先生も、六年担任の小林先生も、ずいぶんと若く見える。考えてみるまでもなく、私は当時の先生方よりもずっと年寄りになっているのだ。

校長先生は、私の在学中、三人が代った。二人目の先生が、たいへん誠実な方で、福岡先生の怪我のあいだ、私たちのクラスの授業の代行をされたこともあるし、かつ昼食の弁当を私たちの教室で一緒に食べるのであった。

ふだん、食事中はみんなやかましく騒いでいた。それが校長先生と一緒の食事では、しんとしていなければならず、教育熱心な先生の意図が有難迷惑といったところもあった。私たちは弁当のふたに、当番の者から茶か湯をそそいでもらっていた。しかし、さすがに校長先生は弁当のふたを使用せず、自分用に小さな湯飲みを持ってこられた。

卒業アルバムの入学式のときの写真では、私は小さな顔をして、ややひねこびて写っている。奈良、京都の修学旅行の写真には、不参加だったからむろんいない。卒業のときの写真では、自分でもふしぎに思うほど、丸々と肥って、他の生徒が真面目な顔をしているのに、なぜかこれ以上愉快なことはないというふうにニコニコしている。いやな思い出も多々ある六年生の生活に、これでおさらばできたという気持が、或いはそんな顔をさせたのかもしれない。

なお、小学校では男女はもちろんクラス別であった。私は他の生徒と、どの女の子が可愛いとか噂しあったこともないし、ひそかにお目当ての子を見つけたという記憶もない。むかしの同級生に訊くと、もちろん例外の生徒もいたが、これはほんの一部にすぎなかったようだ。

それでも、女の生徒に、のちに女優になった子がいて、彼女と同じ電車で通学した仲間は、そのころからデートまがいのことをやったという。私はその女の子さえ覚えていない。なにしろ家が近すぎて、一緒に登校や下校する機会もなかったことも一因であったろう。

第七章　初めての中学生活

小学校では校庭に集まるのは朝礼のときだけであった。しかし、中学では朝礼はもとより、毎時間校庭に——正面の講堂のまえには麻布中学校の創立者江原素六先生の銅像があった——整列し、その時間の教師がくると級長が号令をかけて敬礼し、そのあと隊伍を整えて教場に入る仕組になっていた。

一年のとき私はA組で、担任のI先生は渾名を「オチン」といった。なぜなら、彼は勝俣という先生と仲良しで、いつも一緒に登校してくる。勝俣先生の渾名は「サルマタ」である。サルマタのそばにしょっちゅう一緒にいるから、オチンなのであった。

こうして思いだしてみると、小学校とちがい、中学の先生は渾名ばかりが思いだされて、その本名がなかなか出てこない。

また中学の生徒は、けっこうしゃれた渾名を作った。地理の先生は色が黒いので月並に「スマトラ」と呼ばれたが、一部では「山桜」と呼ばれていた。山桜は花より葉が先に出る。そしてこの先生は出っ歯であり、鼻より歯が前に出ていると評してもあながち嘘ともいえないのであった。柔道のM先生は、睨まれるとしつっこいというので「ダニ」と呼ばれた。また「ラーポン」と呼ばれる英語のK先生がいたが、彼は腹がひどくでっぱっており、つまりラアジ・ポンポンの略なのである。

個性的な先生もずいぶんといた。化学の小山先生は、最初の時間、生徒に知っている元素の名を言わせ、それだけで一時間すんでしまった。二時間目は、ブンゼン燈のくわしい構造の話であった。教科書とまったく離れた授業をした。私は短期間しか先生に教わらなかったが、上級生の話では、小山先生のおかげで化学が好きになったという生徒がずいぶんいた由だ。

化学とか漢文とか代数とか幾何とか教練とか武道とかいう、小学校にない課目がずいぶんとあった。みんなそれぞれに目新しかったが、なかでも教練と英語が、いかにも中学生になったという自覚を与えてくれた。

特に英会話は、マッコイというアメリカ人の教師であった。私はこのマッコイ先生から、なんらかの意に通ずる英会話を習ったという実感がどうしてもしない。いつまでたっても「A、B、C……」の発音ばかりやらされたような気がする。

彼はクラスの全生徒に、ABCを繰返しやらせた。私はといえば、LとRの発音の区別がどうしてもできなかった（これは今もできない）。私が当てられて、Lのところまでゆくと、マ

ッコイ先生は首をふって、

「ちがいます。エル」

「エル」

「いや、エル」

「エル」

「ちがいます」

これが長いことつづいた。私にはマッコイ先生の発音するLが、「エヤロ」というふうにも聞えた。それで、半ばヤケになって、

「エヤロ！」

と言うと、クラス全体が笑った。マッコイ先生は、

「舌を取りかえてきなさあい」

と、妙に丸まった日本語で言った。

英語の先生にしても、それぞれ癖があった。小柄のM先生はキングズ・イングリッシュの信奉者で、やがて私たちが、

「ホワット・イズ・ディス？」

などと読むと、しぶい顔をして、

「みんなは兄さんや姉さんの真似をしているのだろうが、ホワットではなく、ウォットと発音

しなければいけない」

と注意した。

この先生は黒板にwalkという文字を記し、

「ひとつ、しゃれを教えよう」

と言って、Wの文字を消し、

「これで、アルク、となるだろう」

と教えた。私は、こんなことがしゃれになるのかなあ、と思った。


一方、小でっぷりと肥ったほうのM先生（ガマという渾名だった）は、典型的なアメリカ英語をしゃべった。それも巻舌で、べらんめえ口調でやるのである。イントネーションの起伏がなんとも激しかった。

二、三年のときに、他の学校の先生が麻布の授業の参観にきたことがある。このとき、あたかも私のクラスはガマ先生の授業中であった。ここで先生は、リーダーの二ページほどを自分で朗読してみせた。これこそ英語だぞという調子で、無類の速度で、いつもの巻舌も何倍かの勢いで――。彼は得意であったかもしれないが、参観の先生たちはびっくりしたらしい。そのなかから、思わずクスクス笑いが洩れたのを、たしかに私はこの耳で聞いた。

一学期の中ごろ、小柄なM先生が書き取りのテストをした。そのとき、私は非常にわるい点を取ってしまった。たしか四十点くらいだったと思う。M先生は、五十点以下の者に対し、答案を家に持って帰って父兄の判こを押して貰ってこいと命じた。

判こは玄関に置いてあったから、ズルをしてもよかったのだが、私は正直にその答案を父に見せた。すると、父は予想以上に立腹した。ただちに私を二階の書斎に呼びつけ、繰返し書き取りの練習をさせた。父がリーダーを読み、私がそれを書くのである。綴りを間違えようものなら、また叱られた。その日はおよそ一時間も書き取りをさせられた。

その後も、私は幾回か父に呼ばれてリーダーの書き取りをさせられた。まことにしんどく、息のつまる思いであった。

だが、そのおかげで、次の書き取りの試験は満点をとった。ただそのとき、私が素直に喜べなかったのは、どういうわけか記憶していないが、その試験のまえに机の配置がえがあったのである。それまで、私は先生にも睨まれる悪戯好きな生徒と並んでいた。それが今度の試験のときには、おとなしい勉強家の生徒の隣になっていた。まえの試験が四十点で、今度はいきなり満点では、先生は私がカンニングをしたのではないかと疑う根拠は十分に立つ。そんなことで私は何日か悩んだのを覚えているが、やはり根本的にはごく小心であったことの証であろう。

学期末の試験のときも、父はしばしば玄関わきの私の小部屋にやってきて、私の勉強ぶりを監督した。日記にも、

「宗吉ノ英語ヲサラフ」とか、

「宗吉ノ国語ノ勉強」

とかいう文句が出てくる。やはり私がはじめて中学にはいって、その試験の結果が心配だったらしい。病院と歌とで忙しい身としては異例のことである。幸い、私は最初の一学期にまずまずの成績をとった。

「宗吉五十七名中ノウチ七番トナル」

と、日記にはそれだけ書いてあるが、父はかなり喜んでくれた。麻布中にはいって、まずまず優等生になったことから、父は安心して、その後、日記には私を教えるという記述は出てこない。

話が前後するが、青南小学校の同僚の何人かも麻布中学へはいっていた。私の腎炎を治してくださった宇賀田先生の息子さんも麻布中に合格した。それで父は、息子さんに、うちの子と一緒に学校へ通ってくれと頼み、彼は朝、私を迎えにきてくれて登校を共にした。

一学期の試験のあと、父は彼に訊いた。

「何番だった?」

彼は困ったふうにもじもじして答えなかった。それなのに、父はなおしつっこく訊いた。だが、宇賀田君はやはり黙っていた。

実は、彼は一番だったのである。おそらく恥ずかしがり屋だったのであろう。それを父にむかって言えなかった。のみならず、父や私を敬遠するようになり、二学期から次第に私を迎えにこなくなってしまった。私もそのほうが気楽であった。なぜなら、私は登校の途中、墓地の生垣などでも虫を採集したからである。

麻布中学には、むろんいろいろな部活動があった。そして私は、当然のことに博物班にはいった。それはなごやかな、形式ばらない、愉しい集会であった。

上級生には毛色の変った人もいた。ある人は「霊魂不滅の科学的証明」という題で研究発表をしたりした。いま文芸評論家である奥野健男は、天文学者になるのだといって望遠鏡を覗いていた。英語のできなくなった混血の級友は、精子を顕微鏡で見たいという理由からのみ博物班にはいってきた。

私にとって有難かったのは、橋本碩という上級生の存在であった。彼は家でフクロウを飼っているのでフクロウと呼ばれたが、昆虫を専門に集めていた。私はこの人から、今まで採集して図鑑で調べても名称のわからなかった虫の名を教えてもらった。橋本さんは現在専門の生物学者になっている。

彼の家へ遊びにゆくと、金網の巣箱のなかにフクロウがじっととまっていた。そして、数多くの見事な昆虫の標本箱が持ちだされてきた。コガネムシの珍種オオチャイロハナムグリもそのなかにあった。山中湖の桜の切株で採集したそうである。

私もまた、オオチャイロハナムグリを一匹持っていた。これは箱根で、空中を勢いよく飛翔してきて桜の木の幹にとまったのを、網をのばしてうまく捕えたものである。「昆虫図譜」にその写真があり、「稀ナリ」と記してあったとき、ずいぶんと嬉しかったものだ。

フクロウ氏は、それを聞くと、自分のオオチャイロハナムグリを気前よく私にくれた。採集家、蒐集家というものは概してケチなものである。フクロウ氏の親切さは特別のことといってよい。私はこの珍種を二匹も持つことになってから、次第にコガネムシを多く集めるようになった。


中学の一年生にとって、上級生はずいぶんと大きく大人に見えるものである。麻布中学は三階建てで、その三階は、四、五年生の教室に当てられていた。

はじめのころ、私は休み時間に仲間と一緒に、その三階を偵察に行ったことがある。廊下をおそるおそる歩いた。すると、一つの教室のドアがパッと開き、そこからでっかい上級生が二人、取っ組みあって廊下にころがりでてきた。

私たちは慌てて逃げ、

「やはりおっかないなあ」

などと噂したものだ。

しかし、博物班の上級生はいずれも温厚な人たちで、下級生に対し威張るということもおよそなかった。放課後のその集会は気楽なサロンといってもよかった。

そこでは、「麻布の七不思議」というようなことがよく語られた。付近にあるガマ池の水がどうして減らないか、むかしその辺りは武家屋敷であり、その大火のときにガマが水を吹いてそれを消した、そのガマが今もいるのではないか。或いは折口信夫が麻布寺と歌に詠んだ寺に、逆さイチョウという木がある。枝から瘤がさがっている。むかし弘法大師が地面に杖を立てたらそのイチョウの木になった。しかしその杖の根のほうを上にして立てたからさような木になった。狸穴《まみあな》の辺りには夜、バカ囃子が聞える。おそらくタヌキがやっているのであろう。また、お化けツバキという木があって、一つの木から赤と白の花が咲く、等々。

ざっとそのような話であった。それを私たち下級生は興味津々として聞いたものだ。

また、すぐそばの有栖川公園によく観察に出かけた。有栖川公園はずいぶんの敷地に樹木が鬱蒼と茂り、そのあいだを小径がうねうねと上り下りしていた。梅の木が並んだかなりの広場もあった。散策する人もごく少なく、けっこうな自然保護地となっていた。私たちはそこでトタテグモの巣を観察したり、ホコリタケという茸をとってきて、その埃《ほこり》のような胞子を顕微鏡で見たりした。梅林のなかで待機していると、山地にしかいないテングチョウもやってきたし、犬の糞には獣糞を食べるセンチコガネが集まっていた。

五月ころ、数名で高尾山から小仏峠まで採集行をした。この一帯は東京近郊でもっとも虫の豊富な地域の一つである。私は生れてはじめて見る虫を夢中で捕え、三角紙や毒管を一杯にした。ほとんど恍惚といってよい一日であった。いわば、子供がチョコレートやらシュークリームやらショートケーキやらが散らばった魔法の山へはいっていった感じといってよい。

博物班は私の三年ころまで集会をつづけたが、フクロウ氏などが卒業してしまったあと、だんだんと寂れてきた。それにそろそろ勤労奉仕から学徒工場動員といった時局になり、正直いって虫どころではなくなったのである。

教練はなんといっても、もっとも緊張する時間であった。教練の教官に睨まれることは、他の学課の先生に睨まれるより数倍不利になる時代だったのだ。

KとIという配属将校がおり、他にS（いったん喰いついたら離さないというので、スッポンという渾名だった）やKやYという教官がいた。彼らは体育の先生と共に、教員室ではなく、雨天体操場の横の教官室におり、その部屋は全校生徒からもっとも恐れられる存在といえた。

まず一分でも遅刻すると、生徒は教官室へ行かねばならなかった。そこで整列させられ、がみがみと叱られ、遅刻表という紙を貰わないと、教室へ入るわけにいかなかった。

教練の時間は、教官を迎えるときからものものしい。

裏の校庭に整列していて、教官がやってくると、級長、または副級長が、

「○○先生に敬礼！　カシラ−右」

とやり、

「何年何組、総員何名、欠席何名、現在員何名」

と報告する。

ところがこの敬礼を受ける教官が、すべて軍人らしくきびきびしているかというと、必ずし

もそうではなかった。

Y教官はポテと呼ばれたが、顔がジャガイモに似ているからで、シントクと呼ばれるK教官は、スッポンと同じ特務曹長で、あとからはいってきたから新特の名がつけられた。

この二人は、はっきりいってだらしがないといってよかった。のたりのたりと歩いた。挙手の礼にしても、みっともなく指がばらばらであったほどだ。といって、この二人がおっかなくないかといえば、その逆だった。

ポテのほうは、「幽霊」のなかに糠味噌黴之助という名で登場させたとおり、なにかにつけ生徒にマイナス点をつけ、それを閻魔帳に記入し、しかもこれを他の生徒に読みあげさせるというわるい癖を持っていた。

「ほれ、おまえ、マイナス五点。嘘じゃないぞ。級長、ここにきて読め」

級長は仕方なくその閻魔帳をのぞき、

「誰々、マイナス五点！」

こういうとき、そのジャガイモに似た顔はなんとも満足そうにほころぶのだった。まるで生徒にマイナス点をつけることに唯一の生き甲斐を抱いているといったふうであった。

ひょろりと痩せたシントクのほうも、竹の鞭を持っていて、それで生徒の尻をこづいたり叩いたりした。

小さな教練教科書というものがあって、それに、

「一ッ。軍人ハ忠節ヲ尽スヲ本分トスベシ」

に始まる軍人勅諭から、「気ヲツケ」の姿勢から、「行進」の歩度から、およそ何から何まで、おそるべきしつっこい長たらしい軍隊式文章で記されてあった。単なる「気ヲツケ」からして半ページぶんの文章となっていた。

私たちはそれを丸暗記させられた。形容詞ひとつ違っていても許されなかった。また教官たちは、この教練教科書については実によく覚えていて、一字一句間違えても小言の種とした。

I配属将校(中尉)は中国戦線がえりの現役であった。この人は全身これ軍人という感じで、それだけその時間はおそろしかった。あるとき彼は、講堂の地下室で教練をやったが、

「気ヲツケ!」

「休メ!」

「気ヲツケ!　遅い!」

「休メ!」

「気ヲツケ!」

と、丸一時間を「気ヲツケ」と「休メ」ばかりをやった。天井の低い地下室のことゆえ、その号令は反響してびりびりと周囲一面にひびきわたった。私はあまりの緊張のため、むかし教育勅語を聞いていて笑いかけたときと同様、一瞬ふきだした。当時、私は笑い上戸の気もあったのである。しかし、その瞬間の声も、殷々《いんいん》とひびく号令の反響のため、幸い配属将校の耳に

は達しなかった。

一年の教練は、せいぜい分列行進くらいまでであった。二年になると木銃を持たされる。三年から本物の銃、三八式歩兵銃をかつぐようになる。

教練はおそろしかったが、この本物の銃にはやはり憧れの念を抱いた。私たちは休み時間、武器庫のまえで銃の手入れをしている上級生を、多分に羨望の念をもって眺めたものだ。

一方、麻布中学にはまだ自由でのんびりとした校風も残っていた。一種都会風にしゃれた雰囲気である。

戦後つぶれてしまった大出版社の社長の息子さんが上級生でいた。その出版社は父とも深い関係にあった。そのため彼は、次の教練の時間のためゲートルを巻いている私のところにきて、「君、ゲートルはずっと短く巻くんだ。そうすると格好よく見える」と、わざわざ教えてくれた。

およそ殺風景な教練にもしゃれっけを示そうというのは、やはり当時の麻布精神といってもよかったろう。

私は一年のとき、ファーブルの「昆虫記」を読みおえた。そして、同時に夢中になったのが、まったく方向を逆にした江戸川乱歩であった。

乱歩は私が小学校上級のころ、はじめて「少年倶楽部」に「怪人二十面相」などの子供もの

を連載した。三作くらいつづいた。これがすこぶるおもしろく、十一歳年上の兄までが読み、

「今月はどうなった？　二十面相はやっぱり逃げたか」

などと言ったりした。

姉が読書家であったことはまえに述べた。その蔵書に、春陽堂文庫の「吸血鬼」があり、私は小学六年のときこれを読んだ。正直のところ、ずいぶんとこわかった。夜の寝床で読んでいるときなど、ところどころに挿絵があって、次のページを開いたらどんな不気味な絵が出てきはしまいかと、びくびくしながら読んでいったものだ。

かくて私は、中学にはいってから乱歩の大人ものを読むようになったのである。家には本がなかった。麻布中学の図書室にももちろんなかった。そこで私はわざわざ図書館――どこの図書館であったか記憶にない――にまで行って、乱歩全集を借りて読んだ。つまり、全作品を読んだのである。「芋虫」などの短編は、伏字で「〇〇〇」ばかりがつづいていた。そして、そうした本の裏表紙などに、「乱歩のスケベ」などという落書きがしてあった。

ところが、性についてはまことに奥手の私は、乱歩の作品がこわいというのならわかるが、どこが一体スケベなのだろうといぶかしく思ったのを覚えている。

遠藤周作氏と対談したときに、

「三浦朱門の息子が初めてヘアーが出てきたとき、風呂から上がってきて『生えたぞ』と言って家じゅうを走り回ったというんだね」

と氏が語ったことがあるが、私は一年生の終りごろにあそこにヘアーが生えた。

このときはびっくり仰天した。クラスの者たちがどうなっているのかは知らないが、無性に恥ずかしかった。そこで私は鋏でまばらにひょろひょろとしたヘアーをみんなちょん切ったのだが、そのあと何日かチクチクして参った。

それどころか、私は男女の性について、そのころ正確には知らなかったのだ。本や友人の会話などから、いろんな言葉は覚えていて、自分でもそれを使っていたのに、また昆虫の交尾する写真など撮っていたのに、まさか人間もそうだとは思っていなかった。

一日、一友人がそれについて話をしたところ、どうも私との間で話がチグハグになった。彼はあからさまに、こうこうだと言った。それに対し、私は断乎として、

「嘘だ」

と言いはった。まさか人間が、と思ったからである。

すると友人は、

「それなら、本を見せてやる」

と、やや軽蔑した口調で言った。

私は一緒に友人の家へ行った。彼は、ぶ厚い硬表紙の、いわゆる性学の本を持ちだしてきた。

それを少しめくっただけで、今は友人の言葉を信ずる以外になかった。

そのときの気持としては、呆然とした、という表現が当っていたかもしれない。私はその本

を借りて帰り、どきどきしながら読んだ。もっと上級学校の教科書を勉強し、研究する態度に似ていた。

思えば、小学校も四、五年となると、みんながよく黒板に白墨で、木の葉のような落書を描いたものだった。

「これ、なんだか知ってるか？」

「知ってらい」

と、そのたびに私は答えていた。しかし、その実状がちっともわかっていなかったことは、右に記したとおりである。

そのうちに、朝起きてみると、ときどきパンツが汚れていることがあった。私はそれがどういう現象であるかがもう理解できただけに、なおいっそう恥ずかしかった。汚れたパンツをひそかに風呂場へ持っていって、自分で洗ったりしていた。

更にその後、二年の半ばころからか、私はオナニイを覚えた。私はやはりそれがよくないことのように思われ、やめようとしてもどうしてもやめられずにいた。やめられないことに罪悪感を抱いた。

オナニイは医学的にいってまず害はない。むしろその行為に罪悪感を抱くことから、神経衰弱的な症状を呈することがある。

ところがそのころ、私はある本で、少年航空兵の教官の手記というのを読んだ。生徒のひとりが顔いろもわるく悩んでいるようなので問いただすと、過度にオナニイをやっていることがわかった。そこで教官はその害を説いて、生徒にオナニイをやめさせようとする。

「そら、意志によって人間はなんでもできるのだ。おまえ、このごろ顔色がよくなったぞ」

などと励ますのだ。

こうした文章をよむと、やはりオナニイはずいぶんと健康にわるいように思われ、そのくせやめることはできず、ひとり私は悶々とした。その当時は、なまじっか優等生のせいもあって、私は仲間とそうしたことをほとんど話さずにいたせいもあったかもしれぬ。

三年くらいになると、休み時間の屋上の隅で、不良と目される連中が、いわゆるY本を高らかに読みあげ、クスクス笑ったりしていた。淀君と小姓とがなにやらをしはじめ、そのうち淀君がなにやらにおなりになるという、古文体の本である。私は興味津々だったが、仲間に加わることもできず、そっとかなり離れたところから耳をすましていた。

オナニイに関して、私が陰気な自己に閉じこもった思いから解放されたのは、中学も上級になった工場動員のころである。そこでは、そうした話が大手をふって、ごくザックバランに語られた。

「どのくらいつづけてマスかけるかと思ってやったら、〇回できた。もっとも、終りはなんにも出なかったが」

つまらぬ話ではあるが、誰でも大っぴらにやっていると知って、私が内心ホッと安堵したことは事実である。

旧制高校にはいってからも、そうであった。本来ならみんなはそろそろ女を知ってもいい年頃であったが、なにせ終戦後の食べるだけでせい一杯の時代であったから、話題はもっぱら幼稚なことであった。

「どくとるマンボウ青春記」に出てくる八王子のアンちゃんなど、

「ゆうべは、いざというときになったら、そばに紙も何もないんだ。そこでおれはどうしたと思う？　パッと帽子でおさえたのだ」

いささかバッちい話だが、性というものは、ジメジメと陰湿なものでなく、おおらかなものであっていいと私は思う。

しかし、昨今のように実際の性があまりにあからさまに、かつ刺戟のみ追い求めるようになってきたのは、人間の根元的な夢を減ずることにつながりはしないだろうか。

第八章　太平洋戦争が始まる

長ズボンのうえに教練のときゲートルを巻くのは、いかにも中学生になったようだが、私はいつまでもこれが不得手であった。分列行進のときなど、しょっちゅうズルズルとゲートルがとけてきて始末に困った。

それでも学校の成績は、学期ごとによくなっては行った。教練、体育などの成績はわるかったが、それでもおおよそ七十点台を貰い、あるときは教練で八十点を貰った。これは私が真面目な優等生で、特に教官から睨まれることなく、むしろ目をかけられていたからで、はっきり言えば甘い点数だったといってよかったろう。

なにせ体育の時間など、殊に鉄棒は相変らずダメで、単純な尻上りさえできなかった。シントク教官があきれて、竹の鞭で私の尻を叩いたこともある。

武道は思いきって柔道を選んだ。私自身、自分の柔弱さを恥じていて、せめて柔道でもやったなら性格改善になるかもしれないと考えたからだ。しかし、一向に強くなれず、試験の試合の日は負けてばかりいた。ついに在学中、一度だに勝ったことがなかった。

なかでも屈辱だったのは、あるときの試合に私より小さな相手と当ったときである。私が技《わざ》をかけようとしたとき、相手の体が沈んだ。同時に二人は横転していた。私はまだ事態がどうなったかをわからず、夢中で寝技を戦おうとした。その瞬間、

「一本!」

という声がかかった。私はすでに一本背負いで投げとばされていたのである。あとでみんなから、

「きれいにかかったなあ」

などと冷やかされた。

しかし、柔道を教えていた、不良の生徒からはもっとも恐れられていた通称ダニ先生は、私にはやさしかった。点数も大甘といってよく、七十点台から八十点以上もくれた。

一度、三年のころ、私がふざけて先生に叱られたことがある。彼はひとしきり私を叱責したあと、私の頭を撫で、

「お父さんのように偉くなれよ」

と言った。

これは私にとって辛いことであった。父の偉さはちっともわかっていなかったが、ともあれ

父の短歌は教科書に載っており、それを習うときはごく恥ずかしかった。逆立ちしても父のようにぼくなれるはずもない。それをそのように言われることは、先生の意に反し、私にとってはむごいことといえた。

私が北杜夫などという貧弱なペンネームをつけたのは、父の子として文学などをやることに羞恥の念を抱いたからである。この名に対して問い合せが多いが、「どくとるマンボウ青春記」にくわしく記した。更に「マンボウ」の名についても問い合せが多いが、これは英名「サン・フィッシュ」或いは逆に「ムーン・フィッシュ」ともいう奇態な魚で、波のうえに浮いているその怠け者ぶりから、なによりゴロの点から、最初に「航海記」の題名に選んだのである。このマンボウは棒で突ついたくらいでは平気でいるのだが、海中では凄いスピードで泳ぐとも聞いた。

なおマンボウには別の意味もある。つまりトンネルのことで、谷崎潤一郎は「細雪」の中で、「これは関西の一部の人の間にしか通用しない古い方言で、和蘭陀語のマンブウから出たのださうだ」と書いている。

閑話休題、茂吉という父を持って私は少年期から複雑な――多くは損をしたといったような思いを抱きつづけたが、私以上に辛い立場にあった少年が同学年にいた。彼は当時の海軍大臣の息子であったのだ。戦争中の海軍大臣といえば、茂吉なんか問題にならぬほど偉大な存在であった。ところが、その息子は私以上に教練が苦手で、学課も不得手で、叱られてばかりいた。

彼の胸中を私はひそかに同情したものだ。世人は簡単に親の七光りなどというが、その実際は心理的に苦痛な場合のほうが多いのではあるまいか。

私が二年のとき、昭和十六年の七月末、いつものように葉山に滞在したとき、兄たちと金沢八景の海岸へ行った。対岸には横須賀海軍航空隊の基地がある。

そして、私は動悸《どうき》を覚えながら、空を見あげた。流線型にすらりとした、胴体の下には何もない新鋭機の群が、轟音を発して低空を飛びかっていたからだ。それまでの日本の飛行機にはみんな脚がついていた。初めて見る引込み脚の戦闘機であった。珍しい昆虫を発見したとき以上に胸はときめいた。

それこそ、やがて太平洋戦争で大活躍をするようになる零戦の姿であった。「楡家」のなかでは、峻一と周二が葉山の海岸でただ三機の機影が飛びすぎるのを見送るようになっているが、この金沢八景では、三、四十機を越える群が空を縦横に旋回していた。松の梢ごしにすれすれに飛びすぎる機もあった。

この零戦が完成したことが、日本海軍が開戦を決意した一つの要因ともいわれる。

私たちは上空の機影と爆音に堪能しつつ、ボートに乗った。すると、クラゲが無数に浮き沈みしているところに行き当った。葉山でも夏もやや晩くなるとクラゲに刺されることがあったが、こんなクラゲの大群がいる海を見るのは想像もしていなかった。私たちは嬉しがって、オールで沢山のクラゲをすくいあげた。しまいにボートの底に半透明の物体が小山のようになり、足元にまで辷《すべ》ってくるのでさすがにやめた。

それはいかにも駘蕩とした夏の海の風物詩であった。それと、金属音を立てて頭上を過ぎる新鋭機の群との鮮やかな対照。そのときの零戦の姿にはすでにただならぬ大戦争の匂いが無意識ながらも予感された。

中国との戦いはとうに長期戦の泥沼にはいっていたし、そもそも私の幼少期から戦争のかげは常につきまとっていた。

私が小学校にはいる前の年、昭和八年には、ヒットラー内閣が成立したし、共産党の大検挙が行われたし、日本は国際連盟を脱退した。九年にはワシントン条約が破棄され、十一年にはロンドン軍縮会議を脱退し、翌年から海軍無条約時代で建艦競争に突入した。

その昭和十一年に、二・二六事件とベルリン・オリンピックがあったが、このときの記憶は「楡家」にそのままに書いてある。

日中事変のはじまり、蘆溝橋事件が起ったのは昭和十二年七月だが、この年の四月、朝日新聞社の神風号が東京・ロンドン間を世界記録で飛んだのは珍しく明るいニュースといえた。このとき、神風号を見て、英国の記者が、日本がこんな優秀な飛行機を作れるはずがないと思い、あちこち見学した末、ついにある計器の一つが外国製品であることを発見し、その部分の写真を撮ったという。こういうことは、むろん兄からの耳学問である。

九月には「勝ってくるぞと勇ましく」という「露営の歌」が発表され、それ以来、出征兵士を送る駅ごとにその大合唱が聞かれた。街では千人針（弾に当らぬという信仰から千人の手で赤い縫玉をつけた一種の腹巻き）を通行人に差しだす光景がごくありふれていた。十一月には日独伊防共協定が決まり、十二月には南京が落ちた。人々は熱狂した。

翌十三年一月、近衛首相は「蔣介石を相手にせず」という声明を出したが、これは珍妙なものともいえた。三月、ドイツはオーストリアを併合した。十月、武漢三鎮が占領されたが、中国は一向に降伏しなかった。

品物が国内では不足しはじめていた。「ぜいたくは敵だ」の標語の下に、絹製品は禁止され、ペラペラのスフになり、パーマネントは禁止された。七月、「国民徴用令」ができ、木炭自動車が街を走りだした。これは自動車の後部で木炭を燃やし、そのエネルギーで走る滑稽でかつ情けない代物《しろもの》であった。

昭和十四年、ノモンハン事件が起き、これはソビエトといよいよ戦争になるかとまで思われた。事実、航空機、戦車戦にわたって激烈な戦闘が行われたのである。

そのころ、私はよく従兄たちと、誰か大人に連れられて、渋谷の宮益坂にあったニュース映画劇場へ通った。

小学校時代、映画はほとんど見なかった。小さいころ、近所にある青山会館というところでたまに映画があって出かけていった記憶があるが、何を見たのかまるきり覚えていない。宮益坂の劇場では、ニュースを何本もやり、それに加えて漫画映画も何本かあり、それが愉しみであった。

漫画はまだアメリカものがはいっていて、ミッキーマウスやポパイをよく見た。白黒が多かったが、たまには彩色された美しい大作も見られた。パラマウント・ニュースなどでは、非常にしばしば、フランス側のマジノ・ラインとドイツ側のジーグフリート要塞の光景が映しだされた。どちらも難攻不落のように見え、もし両者が激突したらと考えると、私は無責任にわくわくした。正直にいって、幼いころから三聯隊の兵士が前を行進する家に育った私は兵隊さんが好きだったし、戦争は勇ましいものだと思いこんでいた。ほとんどの日本の子供たちもそう思っていたにちがいない。

そして、ついに九月、ドイツ軍はポーランドに侵入し、第二次世界大戦が本当に始まった。ドイツ軍の機械化部隊の進撃は凄まじかった。翌十五年の四月にはノルウェー、オランダ、ベルギーを抑え、五月十四日にはあのマジノ線を突破した。その月の末、ダンケルクに英仏聯合軍を追い落し、フランスは六月二十二日に降伏した。このドイツ軍の快進撃には、大半の日本国民が喝采した。

一方、日本国内では砂糖、マッチ、木炭などが切符制になり、大政翼賛会が発足し、「とんとんとんからりと隣組」という歌で知られる隣組が生れた。この隣組は戦争中を通じ、しょっちゅう回覧板をまわしてきたが、食物の配給を伝えるのはまだいいとして、防空訓練のバケツ・リレーに出動を命ずるなどまことに小うるさい存在となった。この年の十一月十日、紀元二千六百年の祝典が仰々しく行われた。

翌昭和十六年、私が中学二年の折、小学校はドイツ流に「国民学校」と呼ばれるようになった。そして前年の日本軍北部仏印進駐から、アメリカ、イギリスなどとの関係はがぜん緊迫したものとなっていった。殊に夏前後から、ひときわ。

「楡家」のなかで私は、この年の七月から十一月に至る新聞の大見出しを数ページにわたって羅列している。要するに、米、英、蘭印は日本資産を凍結し、石油の輸出を禁止し、いわゆるABCD線で日本を包囲圧迫してきた。十月、近衛内閣は総辞職し、東条内閣が生れた。絶望的な日米交渉がつづけられ、引揚船は十一月アメリカを出帆した。

このころほど全国民が頭が重くるしく、或いはいらいらとし、或いは病的に高揚したり、逆にとめどない不安に捕われたりしていた時期はあるまい。今にも何かが起りそうであった。一方では、まさかという気もあった。しかし、このままでは日本は石油もなくなってジリ貧に追いこまれる……。

ついに、その日がきた。

十二月八日の寒い朝、私は着替えをして電話部屋を通り、食事のため居間へ行こうとした。

そこへ二階から慌しく父が駆け降りんばかりに降りてきて、

「宗吉！　アメリカと始まったぞ！」

と叫んだ。つまり父は七時のニュースで、

「大本営陸海軍部発表。十二月八日午前六時。帝国陸海軍は本八日未明、西太平洋において米英軍と戦闘状態に入れり」

という放送を聞いたのである。発表は午前六時となっているが、当時のアナウンサー館野守男氏によっても、NHKにニュースがはいったのが七時直前という話である。

父の気の昂ぶり様はただならぬものであったが、私とて同様だった。ともあれ、学校には行かねばならぬから、そそくさと食事をすまして登校した。足が地に着かぬ気分がしきりとした。

生徒たちは校庭に群がって、あちこちで妙にひそひそ話しあっていた。教師の姿は見られなかった。彼らは教員室に閉じこもって会議をつづけているのだ。私たちはいらいらしながら徒らに待っていたが、高揚と不安とが織りまざったような状態にあったと思う。

「これはうまくすると、学期末の試験がなくなるかもしれないぞ」

そういう中学生なみの思考もたしかに存在した。

やっと午《ひる》、宣戦の大詔が発表になった。また、午後からふつうに授業が始まると伝えられ、一部の生徒をがっかりさせた。

だが午後になって、香港、マレー半島上陸、ハワイへの大空襲のことが発表されると、教師も生徒も一様に昂奮した。一種ふしぎな想像を絶した感じであった。それはそれまで重くるしく頭を圧していたものが一挙に取れ、パッと空が明るくなった思いのようでもあった。悲惨な太平洋戦争の幕あけは、大部分の国民にとり、こんなふうに受けとられたといっても間違いではなかろう。

まして緒戦の大戦果である。それは予想を遙かに超えた戦果であり、甘い夢のような快進撃といえた。どの地域でも日本軍は勝ちに勝ち、或いは落下傘部隊の活躍があり、英国東洋艦隊の主力プリンス・オブ・ウェルズもレパルスもあっけなく撃沈された。人々は——大人も子供も等しく熱狂した。

私もその熱狂の渦にどんな日本人にも負けぬくらい訳もなく巻きこまれていったが、ただ一つ弱ったことがあった。

前からもそうだったが、この開戦により教練、体育が殊のほか重要視されだしたからである。教練の時間ばかりでなく、大部分の中学校は登校下校の際にもゲートルをつけさせられるようになった。麻布中学ではまだ自由精神があって、先日、数名の仲間に確かめたところ、ゲートルを巻いたのは三年生の半ば以降で、各学校のなかで一番おそかったろうという話であった。しかしまた、教練の教官以外の一般教師にも挙手の敬礼をするように命じられ、また教師も同じく挙手の答礼をするのだった。

私は二年になってから成績があがり、副級長などをしていたが（麻布では席次順に級長、副級長とされた）、これは交替で教練の時間、号令をかける役目を負うことである。この役目は私にとってはつくづく厭でつらいことだった。

「カシラー、中《なか》！」

などとせい一杯喉をふりしぼっても、声はちっとも勇ましくなく震えた。

しかも、今や教官たちは校長よりずっと偉くてこわいといった存在だったから、私はしょっちゅうびくびくと神経を使っていなければならなかった。分列行進の向きを変える号令など間違えようものなら大変だったから。

同時に、戦争勃発以来、他の一部の先生たちも突如こわくなった。修身、操行が重視されたから、教師にいったん睨まれるとこれまた大変なことであった。幸い、私はおとなしく内気であったから、その心配はあまりなかったが。

それでも担任のオチン先生はやはりこわかった。ずんぐりした短軀であったが、猪首で顔立ちには特有の威厳があった。あるとき私は掃除当番で級友と一緒にうるさく騒ぎながら机を並べたりしていた。と、ふいにオチンがはいってきて、みんなを叱りつけた。一同は壁際に並ばされたのだが、そのとき私はポケットに大きな丸パンを入れており、そこがずいぶんとふくれていた。

パンを持っていたとてべつに悪いわけはなかろうに、もし見つかったら殊のほか叱責されそうな気がして、私は冷汗が出た。幸い、オチンはそれを発見することなく去っていった。そんな些細なことで、あれほどびくつかなくてもよかったと今にして思うが、当時の教師たち、なかでもオチン先生がとりわけ威厳に満ちていた証拠といってよかろう。卒業し上級学校へはいった終戦後、私は麻布中学へ行ってオチンに挨拶したことがある。すると私の背丈がのびたせいもあったろう、オチンはアッと思うほど背が低く、私の喉元くらいのところにその頭があり、つい見下げるような格好になるので弱ってしまった記憶がある。

地下講堂で怖ろしくびんびんと響く号令をかけたI中尉はまた出征していった。私たちは校庭から校門のところまで整列してこれを送った。各組の級長が次々と号令をかける。

「カシラー、右!」

するとI中尉は挙手の礼をしながら一々頭を下げて歩いていった。その顔はにこやかに笑みくずれていた。私は、彼はあんがい優しい人なのだなと胸を衝かれ、その武運長久を心から祈った。I中尉のその後の消息は友人に尋ねてもわからない。

一方、麻布中学は多摩川の河原に農園を持っていて、私たちは一年生のときからときどきそこへ作業に行かされた。

電車の駅を降りてから、かなりの距離を土手の上を行進させられる。はじめはだらだら歩いていたように思うが、戦争が始まってからは隊伍を整えての行進である。ある夏の一日、その土手に珍種のヒゲコガネが大発生していたことがあった。しかし、私たちは教練のように行進してゆくので、みんなの足下にむざんに踏みつぶされた死体がころがった。私はとっさに列を離れ、そこにまともに生きていたヒゲコガネをすばやく摑み、常々ポケットに入れている毒管におしこんだ。せっかくの珍種も満足な標本はこれ一頭で我慢せねばならなかった。

農園につくと、私たちは河原の砂地を掘り起したり、サツマイモの苗を植えたり、水や堆肥をやったりした。農園の管理人みたいな男がいて、彼が監督をしたが、教室内の授業よりはおもしろかった。私にとっては河原の石の下でゴミムシなどを採集できる愉しみもあった。

芋の収穫どきは更に愉しかった。掘ってゆくと、ずいぶんと大きくなった芋が数珠つなぎになって現われた。私たちはそれを家へ持って帰ることを許されたが、教師は生徒の何倍も多く袋に入れて帰るのだった。みんなは言ったものだ。

「あいつ、あんなに多く持って帰りやがる。自分では何もしないくせに」

更に、木工の時間というのがあった。武道場のわきの小屋で、みんなは木彫のペン皿、状差のようなものを作った。その教師はモクスケという渾名で、他にブスケ、クモスケという渾名の先生がおり、麻布の三スケと言われていた。

渾名——そればかりが出てくることは先に書いた——は、つくづく懐しい。

Iという英語の先生は「ビクトリア」と呼ばれたが、彼は奥さんのメンスバンドの箱に白墨を入れてきて、その商品名がビクトリアなのであった。Yという同じく英語の先生は「テンパー」で、これは頭髪がちぢれており、天然パーマネントの略である。

ウンちゃんは海野の略で、彼は鼻毛が長く、Sという級友の思い出話によると、しょっちゅう味の素についている小さな匙で鼻の穴をほじっていたという。

タバっちゃんと呼ばれる幾何の先生は、始業時間のサイレンが鳴ると走ってくるので、「消防自動車」とも言われた。

コウちゃんと親しまれた古手の英語教師は上級生の受持で、かつ東洋英和女学校をも教えていたが、あるとき、「今日は応用問題をやる」と言って、次の文章を黒板に書いた。

"Free care coward to be come me do not."

そして、「一流高校の文科に入るにはこの程度の問題がすぐ解けるくらい頭が柔軟でないとダメだぞ」

そのトンチの答は、「古池や蛙とびこむ水の音」で、コウちゃんはでっぱった腹をゆすって愉快そうに笑った。

また英語のガマ先生は鵠沼から通っていたが釣りが大好きで、月曜日の授業に「昨日の釣りはどうでした?」と訊かれると、蜿々とハゼ釣りの話をした挙句、突然、

「短いからといってあなどるな」

と言って生徒を指名し、ついで、

「長いからといって恐れるな」

というセリフを言うのが得意だった。

Kという国語の先生は、怒ると白墨入れのふたを生徒にぶつけ、或いはチョークで生徒の頭

をチョークがつぶれるまでゴリゴリやった。これはたいそう痛いとのことだった。

Fという音楽の教師は日本交響楽団の一員でもあったが、ヒステリー気味のところもあった。私の多分一年のとき、ドイツの新鋭戦艦ビスマルク号が英国の巨大戦艦フッド号を砲戦の末ごく簡単に撃沈したことがある。そのとき彼は昂奮して、

「砲撃というのは、つまり音楽のリズムだ」

と、感極まった口調で演説した。

その音楽の授業は大講堂のなかで行われ、試験のときには演壇に数名ずつ登ってゆき、「ドレミファ」の音階とか歌を唄わせられた。そのドレミファのテストのとき、一生徒がきっと私のように音痴で恥ずかしさのせいであろう、「ドー、レー、ミー」とやらず、一息に棒読みに「ドレミファソラシド」と唄うというより早口言葉のように言った。すると音楽教師は烈火のごとく怒り、生徒の頬をなぐった。

ソラマメと呼ばれている漢文の先生は、実にソラマメ型の顔をしていたが、自分でもその渾名を知っていて、わざわざ書板に大きく「豆」と書いたりした。もし笑う生徒がいたら怒ろうという魂胆である。そのとき、笑い上戸の気味のある私は必死でこらえた。

教師たちは大型の出席簿を持って教室にやってきたが、他に小型の閻魔帳をふところに入れていた。これが小さいとはいえ、みんなの恐怖の種であった。悪戯を発見したりすると、教師はこれに何やら書きつけた。すると、たちまち操行の点がわるくなる。その時間に当てた生徒

の点数も、教師はこれに書きこんだ。

英語の時間、出席をとられるとき、私たちは、

「イエス、サー」

「ヒア、サー」

「プレゼント、サー」

などと答えた。

が、心の中では、或いは小声で、

「ヤッコラ、サー」

「スタコラ、サー」

と言ったりしていた。

私たちは充分に悪戯盛りであったが、より以上に、戦争が始まってからの教師たちはこわかった。

以前からあった補導協会というのが、ますますきびしくなった。映画館や喫茶店にはいった者を補導協会に属する教師は、他の学校の生徒であれ摑まえることができるのだった。映画を観るには父兄同伴でないといけなかった。

一友人が、高峰秀子の「馬」を観ていたら、たちまち補導協会に摑まり、学校に連絡された。麻布中学における補導協会の連絡員は、アンラクという体育の、凄く勇ましくでっかい声で号

令をかける教官であった。やはり全校生徒に怖れられていた。スタイリストで、夏の水泳訓練のときなど、パナマ帽みたいなのをかぶっていた。

幸い、この場合は、

「あの映画はそんなにわるくない」

というわけで、小言だけで済んだ。しかし、ふつうの場合、補導協会に摑まれば、もっと重大なことになったのである。

たわいもないケースもあった。今でもありありとその光景が浮ぶが、それはガマ先生の授業中のことだ。彼は釣りの話のほかに、なにかの説明をさしたあと、

「謂因縁古事来歴物語」

と言うのが得意だった。

彼が、「イワレインネン……」と言いだすと、クラスじゅうの生徒が、「コジライレキモノガタリ」と唱和したほどだ。

ガマ先生は、なにかつまらぬことで、一人の生徒に小言を言い、ちょっとその耳をつねった。つねることもこの先生は好きであった。そして、そのまま背を向けて行きかけた。

その生徒は、

「チェッ！」

と言い、ガマ先生の背に向けて、万年筆の先を向け、スポイトを引いて更にそれを押す仕種

をした。もちろんインクをかける真似だけをしたのである。

ところが不幸なことに、インクは本当に噴射されてしまった。それはビュッと飛び出して、ガマ先生の明るい色合の背広にかかった。くだんの生徒は「アッ」というように机に顔を伏せてしまった。

旧制高校なら、こういうとき他の生徒は黙っているか、或いは別種の言動をとったろう。しかし、中学生というものは意地悪でもある。誰からともなく、

「あーらら、あらら」

という声が教室じゅうに拡がっていった。

ガマ先生はさすがに気づき、背広をぬいでインクの染《しみ》を見つけた。彼はさすがに怒ったが、そうそうは怒り立てるわけにいかなかった。こういうとき、教師としては生徒に摑みかかったり、或いはとびあがって地団太踏むわけにもいかないのである。

第九章　次第に中学生へ

中学二年から三年になるとき、私はクラスで二番で学年で六番になった。以前「狐狸庵VSマンボウ」という遠藤周作氏との対談集を出したとき、編集者が戦災に会わないで済んだ麻布中学へ行って、私の通知簿のコピーを貰ってきたのだが、それによるとたしか学年二五九人中六という数字が読みとれる。

一番から順ぐりにA組からE組までの級長となってゆくことになっていたから、私はA組の副級長となるはずだのに、E組の級長にされた。理由はわからない。

とにかくこのときが中学を通じていちばん成績がよかったことになるが、級長という役割は私にはむしろ苦痛であった。

教室でも教練でも、号令を多くかけねばならない。当てられたときは、ちゃんと答えねば級長としていかにもみっともない。

それに加えて、三年E組には斎藤という姓の生徒が五人もいた。勢い、時間中にしばしばこの斎藤の誰かが指名される。そのたびに私はビクッと立ちかけて、隣席に坐っている副級長のNから服をひっぱられ、

「ソウチキ、落着けよ。お前じゃないよ」

と言われた。彼は宗吉と言わずにソウチキと呼んだ。

ともあれ私は級長でありながら、予習復習をそれほどせず、そのためしょっちゅうビクビクして神経をいらだたせていなければならなかった。

ただ、そのころ国語の辞書を丁寧に引いてゆく習慣がついたが、事の起りは次のようなことからである。

二年のとき、勝俣(サルマタ)先生から国語、作文を習っていたが、あるとき当てられて一つの語句の意味を訊かれた。私は答えたが、それはアンチョコに出ていた簡単な解答であった。当時はいろんな教科書の安易な解答が書かれているアンチョコと呼ばれる軽便な本が売りだされており、ほとんどすべての生徒がそれを買い使用していた。

勝俣先生はその答に満足しなかったらしく、

「それは辞書を引いたのか」

と問うてきた。私はおろおろと、

「はい」

と嘘をついた。すると先生は、

「じゃ、他に辞書を引いたものを読んでみたまえ」

と命じた。

冷汗をかきながら、私は自分のノート――実はすべてアンチョコを写したもの――を読んでいった。しかし、それはアンチョコ特有のごく簡略のもので、読みながら私は、これはばれるなと直感した。なかんずく、この次の語句の解釈の文句はいかにも安直(アンチョコの名はここからきたと言われる)にすぎた。

そこで私はそれを読んでから、思わず知らず、

「これはアンチョコ」

と口走った。

クラスじゅうの生徒がドッと笑った。先生も笑い、格別に私を叱ることをしなかった。それ以来、私は国語に関しては真面目に辞書を引く習慣がついたのである。そのため、別の国語の教師が急に生徒のノートを調べたとき、私はノートの余白に記号のようなものをイタズラ書きする癖があったため、その点を叱られたが、教師は充分に私の努力を認めた様子だった。

勝俣先生には他にも恩義がある。あるときの作文の時間、彼は生徒に作文を書かせるのをやめ、漱石の「夢十夜」のなかから三つ四つの短文を読んでくれた。

それまでおよそ文学作品を読まなかった(「吾輩は猫である」と「坊っちゃん」だけは読ん

でいた）私も、それをおもしろいと思った。それで図書室へ出かけていって、「夢十夜」の残りの部分を読んだ。感心したので、ついでに「草枕」を読み、その冒頭の文句に「何たる名文だ」と感じ入り、田舎床屋の箇所では大いに笑った。しかし、私はそれ以上文学作品にわけ入らなかった。

漱石の後期の作品を読んだのは、旧制高校にはいってからである。そして、漱石が日本現代文学の最大の文豪といわれるのはよくわかるが、彼の作品中、初期の「猫」や「坊っちゃん」がなければ、ずっと続く氏の人気はあり得ぬであろうとも考える。むろん多くの文学者は漱石の後期の作品を高く買うが、私としては初期の作品をより低く評価しようという気はまったくない。

さて、話を戻して、私は二年生の三学期に、扁桃腺の手術を受けた。それまで幼年期と同様、冬には扁桃腺がはれて発熱することが毎年のようにつづいたからだ。

これは麻酔をされて切られるのだが、その切る音がジョキリと耳に聞えたほどであった。それほど私の扁桃腺肥大は大きかったのだろうし、手術のときはとりわけ臆病にビクビクしていたことが想像される。一日くらい入院していた。だが、この手術のおかげで、そのあと私はあまり風邪をひくこともなく、相変らず鉄棒などは苦手だったが、体力はまあまあ健康という状態にまで復帰できた。

体力といえば、隣に坐っている副級長のNは、学力もあれば運動神経にもすぐれていた。すらりとした長身で、いくらか軟派で、教練のときなどスマートな号令をかけた。柔道も強く、試験のときは片方の大将で、その相手の馬鹿でっかい大男の大将とぶつかったことがある。Nは腰を引き、相手の強引な技をこらえていたが、やにわに巴投げを打った。それが「技あり」の一歩手前となって、結局引きわけたが、巨人ゴーレムのような相手に一歩もひかぬその頭脳的作戦は、柔道にせよ何にせよ弱い私には殊のほか羨ましく見えてならなかったものだ。なにせ私となると、級長のくせに号令はもたもたしており、たまに学課で当てられてもできぬこともあり、Nに対して劣等感を抱かざるを得なかった。

私の運動神経がにぶいことは、ごく幼年から始まる。二歳のとき、私は父と母の部屋のある二階の小暗い廊下で、長い物指しを口にくわえて遊んでいて転び、喉にかなりの傷を負い、相当に出血したことがある。このことは記憶があるようでないようで、結局はのちに大人たちから聞かされたのが追憶に残っているのかもしれない。この本の冒頭に出てくるヒメムカシヨモギの思い出よりむかしのことだったろう。そのように私は不器用で、ピンポンと野球をのぞき、何度も繰返すとおりおよそ体育関係は得手でなかった。

三年になると、Tという新しい教官が赴任してきた。ポテのように顔かたちその他は田舎じみていたが、実直な人で、殊さら生徒のあらさがしをして叱るということはしなかった。ただ、銃剣術が得意で、教練の時間はやたらと銃剣術をやらされ、棒に藁を巻いたものを突かされた。

そして、

「そんなことで敵が死ぬか」

と言い、自分自身を突かせた。武具をつけていて、突いてもはねとばされた。その挙句「そんなことじゃダメだ！」と怒鳴られた。

彼は外観が見栄えしなかったので、ジンタと呼ばれたが、ある土曜日、放課後に各級長に教官室まえに集合するよう命令を出した。それなのに、私はすっかりそれを忘れてしまい、授業が済むとそのまま家へ帰ってしまった。帰宅してからそのことを思いだし、気の弱い私はすっかり青くなった。大変な失策をしたと思った。こと教練に関することだろうから、「忘れました」ではとても済まぬであろう。

私は一晩悶々とした末、教職員名簿からジンタの住所を捜しだし、翌日の日曜日に彼の家に謝まりに行くことにした。一人で行く勇気がなかったので、一友人に頼んでついてきて貰った。

その場所がどこであったか忘れたが、とにかく郊外電車にかなり長く乗り、駅を降りてからもずいぶんと捜し歩いた。ようやくその家を見つけだし、出てきたジンタ先生に、

「昨日、級長集合の指令を、うっかりして失念してしまいました」

と、恐る恐るあやまった。するとジンタは、

「そのために君はわざわざきたのか。あれは大したことじゃなかったのだ」

と、案に反してニコニコし、私たちに茶菓をすすめてくれたりした。

私がこのような気弱さとおとなしさのためから、逆に先生の信用を増して得をしたということも二、三あったことは事実であったろう。

一方、戦争の影響も徐々に濃くなっていった。もう登下校の際もゲートル着用でなければいけなかったし、教練も三年になると本物の三八式歩兵銃をもたされ、しばしば代々木練兵場まで教練に行ったが、そこまで行軍するのに銃はまだよいとして、軽機関銃、更に擲弾筒などを持たされると肩が抜けるようだった。幸い、級長は副級長と交替に小隊長役をするので、私はサーベルだけのことが多かったが。

習志野にも三日くらいの野外教練に連れていかれた。その宿泊所がなんともオンボロで、板の間にアンペラ、その上に毛布をかぶって寝るのである。蚤もごく多かった。

それでも野外教練は、学校で勉強するよりも、一面遠足に似た愉しみを与えてくれる場でもあった。広大な習志野の原には、グミとか野イチゴとかがなっていて、匍匐前進をしながらそれをつみとり、窪地に隠れて食べたりした。

夜間の歩哨訓練も中学生にとってはおもしろいといっても間違いではなかった。

怪しい人影がくると、

「誰か！　誰か！」

と誰何《すいか》をする。たしか三回呼んで返事がないときは敵と見なして銃剣で突いてよいのだった。

一悪友はこれを利用して、

「タレかタレかタレか」

と一息に言い、教官を突いた。

飯もひどいものだったが、なにせ一日じゅう兵隊の真似をしているので、痛烈に腹が空いてたまらなかった。少し与太者がかっている強い生徒は、食事当番（飯の盛りつけなどをやった）に、おれの丼にはごっそり飯を盛っておけと命ずる。あるとき、そういう脅迫がずいぶんと多かったらしく、三分の二くらいの人数の丼に飯をよそったら、もう飯がなくなってしまった。慌てて盛りつけをし直しているところを教官に見つかり、一同こっぴどく叱られた。

一人、たいへんできのわるい不良がいたが、彼は二年を終えると予科練を志望し入隊した。教師たちにとっては始末に困る生徒だったのが、いざ少年航空兵になるのだというと、殊さら美談として語られた。これも戦争の影響である。

戦争といえば、話が前後するが、前年昭和十七年四月十八日、まだ国民が相継ぐ戦捷に酔っていたころ、東京はだしぬけに初空襲を受けた。アメリカの空母ホーネットから発進した双発爆撃機十三機による奇襲である。

その日は土曜日で、放課後からしばらく経ち、大部分の生徒は帰ってしまったあとだった。私は博物班か何かの集会で残っていたらしい。そこに、予想もしていなかった空襲警報である。私たちが外へ出てみると、裏の校庭を見下ろす石の階段の辺りに、ダニ先生をはじめ二、三の教師や十数名の生徒が、

「なんだ、なんだ」

「どうなってるんだ、本当の空襲か」

などとガヤガヤしていた。

飛行機の姿も見えたが、それはすべて味方の戦闘機であった。実は陸軍の隼などの新鋭機はみな戦地に送られ、内地には九七式戦闘機など旧式機しか残っておらず、敵機のスピードに追いつけなかったというのが真相であったことがのちにわかった。

それなのに、翌十九日の夕刊には、次のように発表された。

「東部軍司令部では十八日の京浜地方敵機空襲について午後一時五十七分左の如く発表、同時にラジオ放送した。

午後〇時三十分頃敵機数方向より京浜地方に来襲せるもわが空、地両防空部隊の反撃を受け逐次退散中なり。現在までに判明せる撃墜機九機にしてわが方の損害は軽微なる模様なり。皇室は御安泰にわたらせらる」

事実は敵機は中国本土に向い、そこで不時着などしたが、日本本土で撃墜されたものは一機もなかったのだ。いかに軍部が周章し、出鱈目な報道をしたかがわかる。

六月には運命のミッドウェー海戦があった。このとき日本の空母はほとんど壊滅したが、ラジオは軍艦マーチを奏し、さながら大々勝利であったかのごとく戦果を発表した。このころからあとの大本営発表はまったく事実と反することが多くなっていった。

私たちはその発表を少しも疑わなかった。日本がまだ勝ちに勝っているのだと阿呆のように信じていた。

級長として私が困ったことは、私がかなりの笑い上戸であったことである。二年の副級長時代も、前の席からうしろを向いて、私を笑わせようとする悪友がいた。

休み時間に、彼が「ギャワワ、ウワア、ギャオウ」などという怪獣のような声を発すると、私は堪えきれずに涙を流して笑いころげた。それを彼は授業中にも、或いは校庭で整列して教師を待っているときにもやるのである。授業中にはさすがに大声は立てなかったが、ささやくような声でそれをやられても、或いは声を出すふりをして顔をしかめられるだけでも、私は吹きだすのをこらえるのに必死になって腿をつねらねばならなかった。授業のはじめと終りにそれをやられ、「起立!」という号令をかけられぬこともままあった。この悪友のことは、最初期の掌篇「茸」に、ピエロという名で登場させている。

それから中学生も三年生のことだから、ひょっとした拍子に男性の象徴が勃起することもある。教練の時間、私が校庭に生徒を整列させて、そのまえに立ち教官を待っていると、べつに私のそれは大きくなってもいないのに、

「あ、テント、テント」

とか言って、小石を私の下半身にぶつけたりする困った奴もいた。

それよりも忘れられぬのは、授業中、だしぬけに回覧板（紙に書いたものを教師の目を盗んで順々に手渡すこと）がまわってきたことである。ふつうは教師の悪口など書いてあるのだが、それは私個人の名指しになっていた。

「お前は生意気だからヤキを入れてやる。放課後、屋上までこい」

という内容である。差出人は、閻魔大王と渾名のある図体のでっかい不良であった。

瞬間、私は心臓から胃の腑からまっ青になった気がした。閻魔大王と交際があったわけではないゆえ、「生意気だから」という文句もなんのことやらわからなかった。ともあれ「ヤキを入れる」というからには、殴られることになっているようだ。その時間中ずっと私の心は千々に乱れ、授業の内容など上の空であった。逃げてしまおうか。それも卑怯だ。それに、一時まぎれにすっぽかしでもしたら、おそらくあとあとまでしつこくつきまとわれるにちがいあるまい。

思いきって、放課後、私は屋上へ行った。閻魔大王ともう一人の小柄な軟派の生徒が待っていた。後者は、いわば立会人という役柄である。

なにを言われたのかは忘れたが、とにかく私たちは殴りあいを開始した。無我夢中で私も奮戦した。一発、顔に喰ったが、昂奮しているためさして痛いとも感じなかった。

そのうちに組打ちとなった。私が意外に思ったのは閻魔大王は組打ちが不得手で、かなりの図体をしているくせに、私をよう倒せないことだった。のみならず、私の死物狂いの投げで、その図体がしばしばよろめいた。エイヤ、エイヤと私たちは十五分ほどももみあっていたようだ。そのとき、立会人の小柄な生徒が、

「それまで」

と、あいだにわけ入った。それから、

「お前、けっこうやるじゃないか」

ということになり、それから以後、私は次第次第に彼ら不良グループとつきあうことになってしまった。級長としてはまことに弱る話であったが。

麻布中学の不良グループは何派もいたが、なかには本物のヤクザとつきあいのある者もいた。そうでなくとも、私のつきあった仲間は上級生の不良の子分のような連中であり、その上級生から凄味をきかされて、

「お前、生れはどこだ?」

などと訊かれると、さすがに身がちぢんだ。

あるとき私は、東洋英和女学校(太平洋戦争中は東洋永和と改称された)の教室内に爆弾花火を投げこめ、と命じられたことがある。東洋英和と麻布は姉妹校のような発生であり、近所にあったため、麻布中の生徒はあそこはおれたちの縄ばりだと称していた。

それにしても、爆弾花火の件では気弱な私はいたく悩んだ。結局、自転車に乗って女学校のわきを走りすぎながら、花火を開いている授業中の教室の窓から投げこんだ。その花火がうま

く爆発したかどうかは知らない。雲を霞と逃げてしまったのだから。ともかく、そんな悪さを命じた不良たちからは褒められた。

麻布中の不良は、よく芝中の不良などと喧嘩をしていたが、私はそういう実戦をやった経験はない。

ただ、雨天体操場などで休み時間、練習試合と称してボクシングの真似ごとをやった。一人、兄が上級の大物の不良のため、小柄なくせに威張っている生徒がいた。一度私は彼と殴りあいをやったが、ふだん生意気なその小不良は私など問題にせぬという態度をとっていた。私は内心この野郎と思い、自分でもふしぎなくらい戦意を燃やした。一発、二発、相手の顔に決まった。向うはもう顔をのけぞらしてしまい、そこを遮二無二私は殴りつけた。生れて以来味わえなかった快感が私をしびれさせた。肉の拳で肉の顔面を打つという感触は未知のものであった。もう一発、つづけて連打、なぐれ、もっとなぐれ！　しかしこれは練習試合であったから、立会人からストップがかけられたが、喧嘩というものはあんがい爽快でスリルのあるものだ、と級長の私は真剣に考えたものだ。

そんな私の行状を懲らすかのように、一学期の中間試験（一学期に中間試験と本試験があった）のまえ、私はジフテリアにかかった。ジフテリアはふつう子供の病気で、こんな年齢に患うのは少ないといってよいだろう。

私は血清を打たれ、慶応病院の隔離病棟に入院させられた。といっても、ただ徒らにごろごろしているばかりで、検査も苦痛もなかった。回診してくる教授ははじめ私の喉をちょっと診ていたが、やがて入口で顔だけ見てそのまま帰っていってしまった。早期発見でごく軽くて済んだのであろう。

しかし、中間試験を全休したため、その学期の成績は十五、六番となり、私ははじめて後ろから二列目の席に坐らされた。三学期はまた少しがんばって五番になったけれど。

私は優等生のくせに、試験のとき前もって勉強することをしなかった。すべて一夜漬けであった。はじめはそれで済んでいたが、学年のふえるにつれ学課の分量も進み具合も増してきて、一夜漬けでは次第に困難になってきた。そのため、そのころ私は半ば徹夜をした。

現在、私は滅法記憶力が衰え、人の顔も名前も忘れてしまうし、ひどいときは、たとえば何年かまえ母と中近東を旅をしたが、行ったさきざきの地名はおろか国名すらも全部は出てこない有様である。だが、そのころはまだ記憶力がよかった。ノートの文章を丸暗記した。それで成績もよかったのだろうが、試験のたびに睡眠不足で相当な苦労、艱難辛苦を嘗めたといってもよい。

三年になって新しく赴任してきた国語の先生がいたが、まもなくチャボと呼ばれるようになった。それは授業開始に当って、教壇で礼を受けるとき、必要以上にしゃちほこばって、両手をパタパタとひろげて体にくっつける癖があったからだ。それがすこぶるチャボの羽ばたきに似ていた。

チャボ先生は第一時間目に、

「わたしは田舎から出てきたが、学問だけは人に負けない」

と自己紹介をした。

そういうとき、東京の中学生は意地がわるい、誰かが、

「さらば、を品詞に分解してください」

と質問すると、チャボ先生はぐっとつまってしまい、教壇をぐるぐる歩きまわった。

また誰かが、

「さあらば、じゃないかな」

と言うと、

「あ、そうか。さあらばだ。それなら、さが……」

とチャボは説明したが、すっかりあがっていて、その解説もどうやら間違いであったようだ。

しかし、チャボ先生はほどもなくごく威厳のある教師になり、その羽ばたきはますますひどくなり、おっかなくなり、私が卒業して何年か経って教頭にまでなった。

一年生のころから、海軍記念日などというと、海軍の軍人がやってきて、日本海海戦について長々と講演をやらかしたりした。

また靖国神社の大祭、臨時大祭のときには、朝六時ころその付近の英国大使館まえに集合さ

せられて参拝をした。早朝の市電には割引きがあり、片道五銭だったことを覚えている。

三年生になった年から、そろそろ勤労奉仕、勤労動員などということが行われだしたが、まだ日数は知れたもので、はじめは一日とか、せいぜい十日間くらいのものであった。

ある一日、赤坂区役所に連れてゆかれ、トラックに乗せられ連れられていった場所は、私の家の隣の脳病院の原っぱであった。そこに積んであるコークスの滓だかを積みこむのである。或いは石か石炭であったかもしれぬ。シャベルですくってトラックの荷台に投げあげるのは、一時間もやるとかなりしんどい作業といえた。

トラックの運転手は、腰を下ろして私たちの働きぶりを――専門の作業員の大人も二人ほどいた――眺めていて、

「少し手伝うか」

と言ってはシャベルに手をかけるが、三分もするともうやめてしまう。このとき、私は車の運転手というものは特別なエリートで得な商売だと思った。

一日の勤労奉仕が終ると、私たちはまるで煉瓦のような実にまずいうす黒い餅を三箇ほど貰って引上げた。教師は十数箇を貰っており、私たちはそれについて口さがない陰口をきいた。

数日を沖電気工場に動員されたこともある。なんだか知らぬが、でっかい機械からアルミニウムの管をかぶったケーブルが吐きだされてき、大きな木の糸巻みたいなものに巻きとられる。それがもつれたりせぬよう作業用手袋をはめた手であつかうのだが、アルミの管は素手で摑む

と火傷するくらい熱かった。それでも短期間の勤労動員は、まったく未知のものに触れることだったから、まだその頃は愉しかったといってもよい。少なくとも教室で授業を受けるよりは。

三年の終りから四年にかけ、クラスの者は次第に生意気な上級生に変っていった。その一つは、弁当を早く食べることが流行したことである。午まで待たぬどころか、二時間目か三時間目の授業中、教科書を机のうえに立て、そのかげで教師の目を盗んで弁当をひらく。これにはスリルがあり、私も真似をしたが、他の誰よりも早く一時間目くらいに食べてしまう者が殊さら得意気であった。

ただ、弁当を食べてしまって、いざ昼になったらどうしていたかは覚えていない。小学校のようにパンを売りにくるということもなかったと思う。大方、早く弁当を食べたという満悦感から空腹に堪えていた、というのが実状であったのかもしれない。

学校の近所には喫茶店もなかった。霞町辺りまで降りてゆかねば、フルーツ・パーラーのような店はなかった。そういうところにはいることは、補導協会の目がいよいよきびしくなっていたから勇気が必要であった。

麻布の裏口から出た角に、「麻布堂」という文房具屋があり、そこにちょっと綺麗な、いわば看板娘である姉妹がいた。

多く四、五年生くらいの軟派が、しきりとこの店に入り、無理をして鉛筆だのノートだのを買っていた。三年生以下はあまり相手にされなかった。

そのうえ生徒たちにとっては強敵が現われた。Mという若い体育の教師が赴任してきたのである。体操学校出で、ちょっとハンサムで、なによりしゃれたトレーニング・パンツをつけて得意の鉄棒の大車輪などをやった。

このMがしきりと麻布堂に出入りし、姉妹と話しているという噂であった。やっかみ半分の噂で、生徒たちはべつにチョッカイを出さなかった。というのは、このMは短気者で、すぐに生徒を殴ったからである。荒川の土手に畠作りの勤労奉仕に行ったときなど、生徒がさぼっているというので、土手の下に整列させられ、軒並なぐられた。

私はといえば、麻布堂の姉妹の顔をわざわざ見にゆくということもしなかった。ただ生徒たちの噂の的の女性なので、その店にはいるときは、理由もなくいくらか動悸した。

不良仲間とつきあうようになってから、東洋英和の下の鳥居坂にある店でしきりとアイスキャンデーを買い、女学校のまえを齧りながら歩いたが、英和の生徒のなかからとりわけ誰かに目をつけるということもなかった。むしろ、ろくすっぽ相手の顔も見ずに、うつむいて歩いていたようだ。

子供心にわずかでも惹かれたという女性は、英和の生徒であった姉の同級生である。彼女はあるとき私の家に遊びにきて、

「宗ちゃんを見たいわ」

と言った。

姉に呼ばれて私はのこのこ出ていったが、兄弟中いちばんの美人である姉よりも、もっと清楚な人だと思った。その瞳に見つめられると、心はおののいて微妙に恥ずかしかった。私の短篇「少年」に出てくる、姉の友人横井さんという少女は、彼女をモデルにして書いたものである。

それに比べると、ずっと上級生たちは中学生にあるまじき行為をしたこともあるらしい。吉行淳之介さんに聞いた話だが、彼の一年上くらいの連中が四人、蕎麦屋の二階に女性を連れこんで輪姦をした。すると子供ができてしまった。誰の子なのかわからず、結局いちばん最初に彼女に触れた男が父親にされてしまったという。

もっともこの事件は太平洋戦争前とはいえ、ごく稀有な例外のほうだったろう。

第十章　戦争色強まる

小学校時代、ひどくいじめられることはなかった。ただ、一人の友人が、私が精神病院の子であることをからかって、

「脳病院って儲かるだろうなあ。なぜって気違いには何もわからないから、薬と称して白墨の粉でもやっておきゃあいいんだ」

と、しょっちゅう言っていたことには大いに心が傷つけられた。一つには精神病院への誹謗と、一つには精神病患者に対する蔑視に、子供心にも憤慨したのである。

また中学三年の後半、私はすでに不良グループともつきあっていたのにもかかわらず、一人のいじめっ子からひどくしつこくつきまとわれた。その生徒は腕力が強く、なかんずく指の力がばか強く、手の指のあいだに私の指をはさんでしめつけた。そうされると泣きそうになるほど痛かった。

その生徒は私が下校するあいだも家のそばまでついてきて、しばしば私の指をしめつけたり、脅迫まがいのことを言ったりした。今から思えば、多分にサディズムを彼は愉しんでいたのではなかろうか。

私は完全にいじめられっ子の立場で、辛く悲しかった。ときに思いきって相手の顔を殴打しようと何回考えたかわからない。だが相手は体力があり、いざ喧嘩になったらしょせん勝味はなかった。

また彼のことを不良グループに訴えても、あとでどんなひどい仕返しをされるかと考えると、これまた恐ろしくてできなかった。かなりのあいだ、私はこの生徒につきまとわれ、悶々とした日を送った。

四年になりクラスが代って、彼がいなくなったときは真実ホッとした。中学時代を通じて、こんないやな思い出はない。旧制高校では人から重んじられるのは成績とは関係ないアタマとココロであるが、中学ではそれに比べるとつまるところ腕力がやはり多く支配していたといっても過言ではなかろう。

四年生になると、いよいよ上級生の雰囲気である。

おっかない教師のまえではおとなしくしているが、そうでない教師のまえではずいぶん騒いだり、悪戯をやったものだ。

教師が休むと、級長が職員室へ訊きにゆき、うまくゆくと自習で一時間じゅう騒ぐことができた。しかし、補習とかいって、代りの教師がきて授業を受けねばならぬときは、みんながっかりした。

あるとき、Hという博物の老教師が補習にやってきた。この爺ちゃんはハンペンとも呼ばれ、また髪の毛がしゅるしゅるとねじれているのでセンモウとも呼ばれた。旋毛虫などというものを私たちは彼から習っていたからである。

センモウ先生はぶつぶつと講義をつづけた。当然私たちはおもしろくなかった。しばらくすると、紙をまるめた回覧板がまわってきた。開くと、

「センモウは金が欲しくて、わざわざ補習授業にやってきたのだ」

という意の文句が書かれていた。

回覧板は次々と手渡されていったが、別の列に渡されるときはぽんとほうり投げられた。これがあいにくと、センモウのすぐ前に落ちた。

センモウ先生は大いに怒り、これを担任の教師に告げた。そのときの担任はキングズ・イングリッシュを信奉する英語の先生でむしろ優しい性格だったが、センモウ先生の手前、さすがにこのときは激しく取調べた。

「○○、この紙はどっから渡ってきた？」

「前からです」

「お前は？」

いちばん前の席の生徒は、

「前からです」

こうして順々と出所が突きとめられていったが、最後にもっともあやしいと思われた生徒は、

「隅の席からです」

結局、犯人はあがらず、迷宮入りということになってしまった。

「後ろからとんできました」

もう一人、やはり田舎から国語の先生が赴任してきた。彼はチャボ先生のように威厳もなく、いつまで経っても生徒をよう叱ることもできず、要するに東京の生意気盛りの生徒を教えることには不適格な人物といってもよかった。

そういう相手の弱点がわかると、生徒のほうはますます図に乗る。そのため、しばらくするうちに、この先生の授業はひどい混乱と騒擾のうちに幕が開けられるのだった。

まず黒板には白墨で大きく「××先生之墓」という絵が描かれ、誰が持ってきたのか本物の線香が焚かれていた。そのほか出鱈目な落書で黒板じゅう一杯であった。

先生は教場にはいってくると、ひとことも文句をいわず、黒板の絵を消し、一人孤独に授業を始めた。それがいけなかったのだ。クラスの大半の者がろくすっぽ彼の講義など聞いていなかった。

教室のなかを、ひっきりなしに紙飛行機が飛んでいた。それから、パチンコで打ちだされる紙礫やら小さな消しゴムやらがとびかった。

クラスに、丸顔で一見日本人離れのした御面相の、満人と呼ばれる生徒がいた。今から思えばひどい差別的渾名だが、とにかく当時はみんな平気でそう呼んだ。彼は勉強もできず体力もなく、みんなから馬鹿にされたり迫害されたりしていた。

その満人がパチンコで頭をやられた。すると彼は、いきなり教壇のまえにとびだしていって、

「先生、いまぼくはパチンコでこれをぶつけられました」

と訴えた。

満人が殊さら軽蔑されたのは、ふだんからそういう告口を平気でしていたからである。

しかし、気の弱い国語の先生は、パチンコを射った生徒を怒りつける勇気がなかったのであろう、しばしの沈黙ののち、こうのろのろと言った。

「それは君に隙があったからだ」

そう言われた満人は、矢庭に教室のドアをあけると、廊下にとびだしていってしまった。

気の弱い先生はむしろおどおどして、

「なんだ、何しに行ったのだ?」

と言った。

満人は国語の先生が頼りにならぬと知ると、担任の英語の教師に訴えに行ったのである。

この事件がどうなったかを私は覚えていないが、おそらく満人の必死の訴えも竜頭蛇尾に終ったのではなかったかと思う。

後年、私はトーマス・マンが好きになり、その処女長篇の「ブッデンブローク家の人びと」も何回も繰返し読んだ。その終りのほうに、夭折する少年ハノーの、まあ日本流にいえば中学生活が出てくる。学校には神様と呼ばれるおっかない校長も出てくれば、生徒から馬鹿にされている代理教員もいる。素敵におもしろいそのくだりを読んで私は、日本も外国もそっくり似たようなものだな、と妙に感服したものであった。

さて、四年といえばそろそろ上級学校の入試に具える時期である。

私とわりに仲のよかったWという生徒が、三年の初めころから、休み時間に英語の単語集を校庭の桜の樹の下を歩きながら暗記している姿を見て、びっくりした記憶があった。しかし、私はその真似をしなかったし、四年になってもまだ受験勉強は始めなかった。むかしの中学校は五年まであったが、四年終了、つまり四修でも上級学校を受験できる制度だったにもかかわらず。

それには戦争の影響も多分にあったように考えられる。昭和十八年は、ようやく枢軸軍の劣勢があからさまになった年で、二月にはスターリングラードでドイツ軍の大軍が降伏したし、日本軍はガダルカナルから撤退した。大本営発表では「転進」という語句が使用されたが、それは退却にはちがいなかった。

もっとも国民全体を震撼させたのは、五月二十一日、連合艦隊司令長官山本五十六の戦死が公表されたときだった。

父の日記。

「五月二十一日。○家ニカヘレバ朝日新聞ヨリ電話アリ、ツイデ毎日新聞、東京新聞、週刊朝日ヨリ電話アリ、山本大将戦死ノ報ナリ○驚愕、心キエンバカリナルヲ辛ウジテ堪へ、三時半マデ歌二首ツクル、午睡、○放送局ヨリ電話アリ、山本大将ヲイタム歌二首嘱マル」

それからすぐあと、北方のアッツ島守備隊が全員玉砕した。この「玉砕」という言葉は、それから敗戦まで、日常茶飯事のごとく頻繁に使用されるようになった。

九月にはイタリアが降伏し、米軍は南太平洋で歩一歩とラバウルに迫ってくるのだった。

アメリカ映画はとうに上映禁止になっていた。この年はジャズの演奏も禁止された。正式に学生の勤労動員が決まり、十一月二十一日、最初の学徒出陣の壮行会が神宮外苑競技場に於て挙行された。

その日は冷雨の降るうそ寒い日で、私たち中学生は濡れながら観覧席に立ち、学業半ばで出征する大学生たちが歩兵銃をかついで行進してゆくさまをこの目で見た。それは勇ましくも目に映じたが、真実はなんともいえない悲壮な眺めといってよかった。

NHKから「昭和の記録」というテープ集が出ているが、その中に出陣学徒壮行会の実況というのがある。

「出陣学徒、東京帝国大学以下七十七校○○名、これを送る学徒九十六校実に五万名。いま、大東亜決戦に当り、近く入隊すべき学徒の尽忠の至誠を傾け、その決意を高揚すると共に、武運長久を祈願する出陣学徒壮行の会は、秋深き神宮外苑競技場に於て雄々しくも、そしてまた猛《た》けくも展開されております。（音楽。行進の靴音。）

各校、校旗を先頭に、制服制帽巻脚絆《まききゃはん》、白地に黒く各大隊名を表わしたる小旗を着剣に結び、いま堂々たる分列行進は、戸山学校音楽隊の勇壮なる行進曲にのって続けられてゆきます。日章旗、翩翻《へんぽん》としてひるがえるなかに、戸山学校行進がつづいてゆきます。東京都、神奈川県、千葉県、埼玉県以内の官公立大学、高等専門学校、師範学校、報国隊員として近く入隊すべき誉れの学徒出陣壮行は、まこと感激的な光景を展開して、堂々とつづいてゆくのであります。

すでに東京帝国大学、商科大学、慶応大学、早稲田大学、明治大学、法政大学、中央大学、日本大学、専修大学、立教大学、拓殖大学、駒沢大学、東京農大、日本歯科大学、大正、上智大学、国学院、東洋大学と、各大学の行進はまったく終りまして、正面芝生所定の位置に順次凜然たる整列をつづけております」

私はこの録音を聞いたとき、あの冷雨の降りしきるなかの光景――グラウンドには水たまりができていた――をついこの間のことのように想起し、思わず涙を流した。あのとき、私たちの目の前を行進していった学徒たちの一体どのくらいが生還できなかったろうか。

そんな戦局に対応して、次回の上級学校の入試から敵国語である英語は除外されることになった。みんな一様に英語の授業には熱を入れなくなり、英語の教師自体からしてなんだか小さく身をちぢこめているふうにも見受けられた。

一方、昼休みのあと、生徒たちは裏の校庭に全員集合して、上半身裸体となって体操をやらされた。なかんずくアンラクなどが得意になって大きな号令をかけた。

また、老齢の清水校長がやめ、細川校長と代った。その折の挨拶で清水校長は、このような時代となっては自分は体力的にもはやついていけない、という意も話された。

細川校長の訓話は非常に長くて退屈したものだったが、それよりも彼は、自分の赴任と共に三四郎と渾名されたイガグリ頭の精悍な男を連れてきた。三四郎といっても、漱石の小説の題名ではなく、柔道の「姿三四郎」のそれである。

これがファシズムの権化というか、とにかくナチスの礼讃者で、ドイツ語などをまじえ、ヒットラー・ユーゲントの話などをするのだった。公民という学課ができていて、彼からそれを習わせられたが、一口に言えば修身をごく軍国調にしたような課目であった。

あるとき、私はチャボ先生の時間に、突然朗読を命じられた。本居宣長の万葉集の話なのだが、私はぜんぜん予習してこなかったので、その古文をつまずきながら読んでいった。万葉はマンニョウと読んだ。小さいころから父がそう発音していたのを聞いていたからである。

私の朗読が終ると、チャボ先生はしきりに首をふり、

「ふむ、マンニョウか。マンヨウよりこのほうがいいな。よし、マンニョウとよむことにしよう」

と、私のしどろもどろの朗読を叱るよりもむしろ感心した様子だった。これは門前の小僧の余得と、なにより国粋主義の当時の時代のたまものであったろう。

四年のときの野外教練は、いつもの習志野でなく、富士の裾野に三日間連れていかれた。(これは三人の旧友に確かめた。ところが昭和十九年六月十二日の父の日記に「夕方、宗吉富士裾野ノ演習ヲ終ヘテカヘリ来リ、元気ナリ、『ドイツの方どうですか』ト直グキイタ」という記述がある。当時は工場動員のはずだが、教練へは行ったらしい。私たちの記憶ちがいか、二年つづけて富士へ行ったようだ。)

宿舎は一見新しかったが、まことに蚤が多かった。このとき、私たちは空包でなく、はじめて実包を使って射撃を行った。これは中学生にとっては、激化する戦争と関わりなく、一つの愉悦でもあった。

しかし、私は夜に騒いで、ごく稀なことに教官からひどく叱られた。

夜の就寝は早かった。大体早くから電燈を消すことが命じられた。しかし、みんなは暗闇の中でべしゃくしゃしゃべってなかなか寝ようとはしなかった。

私は柄にもなく、映画の「姿三四郎」の台詞の物真似をやったところ、これが柄にないだけに非常に受けた。私は調子に乗って、嘉納治五郎役の大河内伝次郎の声色を使った。

「姿、お前は強くなった。実際強くなった。或いはわしよりも強いかもしれない」

「姿三四郎」は昭和十八年に封切りされた黒沢明の監督第一回作品である。当時、非常な評判で、中学生たちはみんな見ていた。仲間が笑ったり、「うまい、うまい」と褒めたりするので、私はひとしきり続きをやり、それから小用に立った。

そのあいだに、生徒の宿舎があまり騒々しいので様子を覗きにきた教官に、みんなは口々に言ったらしい。

「斎藤ですよ。あいつ一人で騒いでいるんですよ」

「斎藤か。あいつはおとなしそうでいて、……そうなのか」

戻ってきた私は、騒いでいたのはみんななのに、ほとんど私一人のせいにされて叱責された。

もっとも翌朝、整列した私たちを前にして教官は、昨夜うるさかったことを叱ったのち、

「もっとも、いつも家庭に縛られていたのが解放されたということもあるかもしらんが……」

と言った。

私にはそれが教官がふだん真面目な私をかばってくれるふうにも聞えた。私はまだ優等生で、そのときも小隊長か何かでサーベルを下げていたものだ。

一方、私の兄は精神科医になっていたが、昭和十七年の十月、予備軍医として東部第六部隊に入営し、一月ほどで一応帰ってきて、また慶応病院の医局に勤めていた。

その兄が婚約をしたのは、翌年の初夏のころだったと思う。一度、新婦（というのはまだ早いが）が家に挨拶にきた。私が一体どんな女性かと中学生特有の並外れた期待をしていると、下うつむいて一言も口をきかない。ついに最後まで、口らしい口をきかなかった。この兄嫁は現在かなりのおしゃべりで、私の女房と電話で話しだしたりすると三、四十分はかかる。女は化けるものだ。彼女の父君はやはり精神科医であった。

兄の結婚式は秋に行われた。帝国ホテルで、当時にしてはずいぶん盛大な披露宴であった。それは新婦の父君が元海軍の軍医で、海軍報道部の平出大佐などと親交があり、そのつてで酒などを入手できたからだ。ホテルに「酒、サイダーヲ届ケタ」と父の日記にある。この平出大佐は、開戦からずっと、海軍の戦果などを解説してきて人気のあった人だったが、敗戦のまえその職を辞任し、晩年は不遇であったと聞く。ともあれ、話すのは得手な人だから、スピーチでも結婚を船の航海にたとえ、洒脱でユーモアのある挨拶をした。

とにかく披露宴に酒、サイダーが自前であったごとく、食物はとうに配給制で、外で主食をとるときは外食券を必要とすることが多かった。

女性はズボン、モンペを常用とし、防空頭巾をかぶり、しきりと隣組を通じ防空演習をやらされた。もっとも、太平洋戦争勃発まえから防空演習はあることはあった。脳病院の原っぱにバラック小屋を建て、焼夷弾を爆発させてバケツ・リレーで消そうとしたところ、火勢のほうが遙かに強く、小屋は丸焼けになってしまったこともあった。

昭和十七年の初空襲以来、防空壕はほとんどの家で作られていた。私の家のは丸型の木製の上に土をかぶせたもので、これは家が戦災に会ったときも焼け残った。

昭和十八年の父の日記。

「十月三十一日。病院ノ防空クン練日、僕モモンペハキテ、立働キ、午前中ヲ費ス」

「十一月一日。午前カラ防空壕ノ手入シタ」

更に苛烈となった戦局をしのばせる日記。

「十二月十八日。七時ノニュース聞カズニシマツタガ、敵ガニューブリテン島ニ上陸シタ。敵！　クタバレ、コレヲ打殺サズバ止マズ。止マズ　止マズ！　生意気ノ敵ヨ、打殺サズバ止マズ」

いかに茂吉という男が憎悪の虜となると凄じかったかおわかりであろう。子供にしても、これでは逆鱗に触れたときはとてもやりきれないのである。

こんな情況にもかかわらず、私はまだ昆虫採集をつづけていた。夏休みの半分は勤労動員であったが、閑を見つけては採集に、標本作りに熱を入れていた。

中学二年のころから、渋谷の宮益坂の上にあった志賀昆虫普及社という専門店で、ラベル印刷用の活字を買い、それでＡＯＹＡＭＡとかＡＺＡＢＵとかＨＡＫＯＮＥとか、常々多くを採集する地名、コレクターとしてＳ．ＳＡＩＴＯの名を刷っておき、日付を書きこんで標本の下に刺した。

四年の春にも高尾山に採集に行き、ハイキングの人たちが農家から芋がら（サトイモの茎）を求めているので、真似をして買って帰ると、松田の婆やとは別にいた台所の主のようなしげという婆やからたいそう褒められた。そのころから野菜も不足していたらしい。

ともあれ、四年の末ころまでが、蒐集者として私のもっとも充実した時期であった。標本箱は紙箱を含めて百箱以上にも達していたろう。その中の四十箱くらいはドイツ型の木製の標本箱で、これには主にコガネムシを、どこの博物館の標本にも負けぬくらいきちんと分類し、属《ジーナス》にまでわけて、頭数も個体変化のある場合は数十匹も並べて収めた。中学生の蒐集物としては自慢できるものだったといってもよい。

そんなふうにして過していた私も、十二月の声を聞くと、さすがに本格的に受験勉強をしようと思いたった。いささか泥縄の感がしたが、思いたつと猛烈にやり始め、十二月ちゅう五時間くらいしか眠らなかった。

志望校は信州の松本高校とはじめから決めていた。このことは「どくとるマンボウ途中下車」にくわしく書いたが、信州の高山には珍しい虫がいたし、それよりかつてのよき時代の松高生であった叔父のアルバムに魅せられたのである。紀仁というその叔父は大学時代ボートの選手で、メダルの類がその机の引出しに沢山はいっていた。彼はずっと前から出征していて不在で、その居場所も南洋群島のどこからしいということしか不明だったが、戦後復員してきてはじめてそこがウエーキ島だったことがわかった。彼はこの孤島で餓死寸前の体験をした。

「楡家」のなかのウエーキ島のくだりは、この紀仁叔父の体験を七割方利用したものである。小説中では兄の役割である峻一がウエーキ島にいたことになっているが、実際の兄の体験は中国の戦線の米国の場合に使用した。このように小説というものはフィクションも多く使えば、各人物をごしゃまぜにしたりもする。年少の諸君にこのことを理解して頂きたい。架空の人物である書生熊五郎の中国での場面は、私の妹の主人である金子信郎の体験を利用したものだ。

さて、私は松本高校に憧れ、猛烈な勢いで勉強を始めたが、正直の話、突然に突拍子もなくやりすぎた。なぜなら暮も迫るころ、頭が重くてやりきれず、不安からの動悸も覚えるようになったのである。おそらく睡眠不足と、過度の緊張感からきたものであろう。

私はこれは神経衰弱になったと思った。それで正月の三日間は少しも勉強せず、わざと従兄などと騒いで過した。妖しげな症状はこれで治った。

そのあと私は人並に勉強したが、「途中下車」にあるとおり、毎晩その日の勉強が終ると、試験まであと何日という日数を書きこんだポスターを描き、それを机の前の壁に貼った。そのポスターも日増しに水彩絵具など用いて長時間をかけ、いささか凝りすぎたようだった。しかし、その行為も、いかに私が四修合格を強く期待し念じていたかの現われであったろう。

その三学期、学校の仲間たちもそれぞれに勉強しているようだった。そして、内奥のいらいらを発散させるためであったか、野蛮な悪戯がクラスで流行しはじめた。つまり、休み時間、席でぼんやりしていると、矢庭に教練用の外被をすっぽりと頭からかぶせられ、袋叩きにされる。危なくてたまらず、みんなは壁に背をつけてじっと警戒していたものだ。

思わず笑ってしまう記憶として、一人のあるおとなしい生徒が、これをやられると、火事場の馬鹿力そのまま捕えられたシャチのごとく猛烈に暴れまわったことだ。あまりそれが凄じかったので、私は彼に「獰猛《ねいもう》」という渾名をつけた。ネイモウは外被かぶせの遊びとしてもっともおもしろい見物であったため、頻々とみんなから狙われた。

そういうことをしているうちに入試の当日がきた。三月一日で、試験は神田の中央大学の教室で行われた。

有体にいえば、そのとき私はガチガチというまでにあがっていた。ぜひとも合格しようという気持が強すぎたのである。数学の問題で、易しそうなものから取りかかると、途中で行きづまってしまった。慌てて別の問題にかかる。これも同様。あっちこっちをつつき、こちらに戻り、収拾がつかなかったというのが実状だった。他の学課にしても似たようなものである。

それでも、万が一という思いはやはり残っていて、おそるおそる発表を見に行ったが、もとより私の番号は見当らなかった。さすがにガックリし、とぼとぼと引返した。

それよりも参ったのは、おっかない父が落第した私をなじり、叱り、難詰してやまなかったことだ。二時間くらいも文句を言われたような記憶がある。

当日三月九日の日記。

「夕方宗吉カヘリ来リテ、試験失敗ナリシコト告グ、ソレカライロイロ話シタ、『オトウサマノ方ガ少シ興奮シテヰルヤウダナ』ナド、美智子（兄嫁）ニ話シタ由。少年等来リ『残念会ダネ』ナド、云フ声キコユ」

二次試験は戦争中だけに設けられた帝大付属医専を受けた。これは帝大のなかの講堂で行われた。

私は旧制高校に憧れていたから、正直の話、ぜひとも入学したいという気はあまりなかった。そのため非常にリラックスした気分であった。そうすると、問題がわざとしたようにすらすら解けるのである。作文には時局に反して昆虫のことを書いた。あとで家へ戻ってから考えても、間違っていると思われる問題は見つからなかったほどだ。

そして、事実、私は十八倍くらいの競争率であったその学校に合格してしまったのである。それでも私は入学することをためらったのだが、おっかなさに比例して子煩悩でもある父が非常に心配した。うっかりすると、学問もしないうちに兵隊にとられる怖れがあるというのだ。

そこで私を連れ、私の名付親である平福百穂画伯の息子さんである平福一郎先生（東大の病理学の教授であった）のところへ相談に行った。父たちの話は、やはり医専に進学したほうがよかろうということになった。私は内心、気落ちした。

入学式は帝大病理解剖教室の講堂で行われた。教授からして軍服を着た軍人がいた。また戦地帰りの先輩も軍服を着ていて、きびきびとした口調で訓話をたれたりした。なにしろこの学校は、二年半か三年の短期養成で医者をつくってしまうという制度なのである。

私は三日間、この学校で講義を受けた。一緒に入学した麻布中五年の先輩は、登校するときにお茶の水女学校の生徒に会えると言って極めて嬉しそうにしていた。しかし、私は鬱々として楽しまなかった。

午は帝大生たちと一緒に食堂で、半分ヒジキ入りの御飯を食べたが、帝大生に対しやはり劣等感のようなものを抱いた。昼休み、三四郎池のわきを散策しても、どうしても心は和まなかった。

父は父で悩んでいたらしい。

「宗吉カヘリ簡単ニソノ模様ナド話シ、満足シテ居ル様子デアツタガ(これは私が父を心配させないようにしていたのだと思う)、〇夜半ニイロイロ思ヒナヤンデ解決ガツカナカツタ」

「四月十日。午後急ニ思ヒタツテ病理教室ニ平福氏ヲ訪ヒ宗吉ニツキ、意見ヲ問フ　〇靖国神社参拝、九段下ニテ市立食堂夕食、通ニテ宗吉ヘノ土産万年筆ヲ買フ。夕食ノ時ニ宗吉ノノートヲ見テ感心シタ　〇医専ニツキ宗吉ノ本当ノ意見ヲキキタルニヤハリ高等学校ヲモー一度受験シタイト云フ。〇終夜決定シカネ、眠リカネタリ」

読み返して、とうにこの世にいない父の私に対する愛情につらい苦しい思いがする。その翌日、父は私の年齢を確かめ、ついに来年もう一度高校を受験することを許してくれた。

私は麻布中学へ行き、四年担任のM先生に復学のことを頼み、許可された。新しい希望に満ちた心情であった。帝大付属医専には退学届を出した。

こうして、また私は麻布中の五年生に復帰することになったのである。

第十一章　工場動員時代

中学の五年に復帰したとはいえ、ふつうに授業を受けられたのは半月くらいしかなかった。いよいよ本格的勤労動員に私たちは駆り立てられたからである。

しかし、工場へ行くまでのわずかな期間、私は数名の学友と共に、城西講習会というところにも通ったりした。ここには先に試験を受ける二ヵ月くらいまえから行っていたらしい。どうも記憶が確かでないが、たしか井ノ頭線で郊外まで行き、畠のつづく野の果てに、冬の真赤な夕日が落ちてゆくのをしょっちゅう眺めて一種の感傷をかきたてられた思い出があるからだ。

そこで感じたことは、その補習校の教師たちが実に受験むきの教え方をしたということである。幾何なども垂線をたらしたりせず、代数的に解いてしまうし、いかにも即戦的なやり方なのだ。ひそかに思うに、現代の小学校の塾などもこうした教え方が行われているのではあるまいか。塾をなくすには、まずこの世の教育ママという存在を消失させなければならぬ。塾へ行かなければ、どうしても教育ママの子供にはかなわぬというのが現実的な実状であるからだ。

ともあれ、講習会などに通って来年の受験に具えようとしていた矢先、工場動員が決まり、それから以後、私たちはまず九割以上、学業とは縁のない学徒となった。

そのまえの二月五日、兄は国府台病院に軍医として入隊し、ごくたまに家に戻ってくる存在になっていた。

麻布中の五年生の動員先は二つにわかれ、私は大森の中央工業という工場へやらされた。当時は主に爆弾投下器などを作っている軍需工場である。

仲間たちはすぐに旋盤だの倉庫などに配置されたようだったが、私を含めた数名の優等生は事務用員となって、しばらくを木造家屋の二階で仕事をした。「九九式BTK」とかいう書類を運んだりしていたが、このBTKとは爆弾投下器の略なのであった。

一人、中年のIという事務員がいたが、この男が無類の薬好きで、机の引出しに数種類の薬の瓶を並べ、昼食のあとなどにごっそり飲んでいた。この当時はまだ薬はあったのだ。それが翌年になると、もう薬屋にもほとんど薬らしいものはなくなってしまったのだが、或いは軍需工場だから特別に手に入っていたのかもしれない。

彼はカリエスだという噂であった。あるとき席を立とうとして、たいそう派手にバラスッテンテンと転倒した。そのため彼の渾名は、「カリエス脚気のIさん」或いは「バラスッテンテンのIさん」となった。

軍需工場では、ときに町で手に入らぬものが配給になった。冷凍のホッケかスケソウダラだったか、その魚を一人の課長がつくづくと眺め、

「これは一体何という魚であるか」

と言ったのを覚えている。

やがて周知になり、魚といえばそのくらいのまずいものしか食べられぬ時代がすぐきたのだが、まだそのころは一般の口に入らず、珍しいものだったのであろう。

乾燥バナナというものもよく配給になった。これは台湾産のバナナを保存が利くよう乾燥させたもので、茶褐色というか、どす黒い色をしており、セロファン紙で包んであった。はじめは私たちは、「まずいなあ」と言いながら食べ残していたが、やがては喜んで食べるようになった。なにより菓子など手に入らなくなったからである。

町では食券がなくて食べられる主食は、雑炊食堂のもので、おそろしく薄い雑炊であった。はじめはいくらでも食べられ、私の家でもバケツ一杯買ってきたこともあったが、やがては行列になり、空襲が頻繁になったころにはなくなってしまったと思う。

やがて私は、Oという長身の級友と二人で、三機工場の二階に小さく作られた鳥の巣のような部屋に勤めるようになった。

仕事は実動率調査というもので、日に二回から四回、工場内の旋盤、ミーリング、硬削盤などの機械がどのくらい作動しているかを調査し、表にして差しだすものであった。これは「楡

家」の周二の体験として書いたとおり、工員たちからさぼりの調査のごとく思われ、私はいつも厭な、自分がスパイのような思いをした。

Oは優等生のくせにあんがい大胆で、ときには一々機械を見てまわることをせず、部屋の窓から下を覗いて済ましてしまったり、閑もずいぶんあるので、ゆうゆうと読書したり勉強したりしていた。

一方、私は小心で、ほとんど大した仕事もしないことに、他の生徒に対して済まぬような気にもなっていた。それに加えて、ブスケと呼ばれる担任の教師が熱心に各現場を視察してまわってくるのには閉口した。ブスケが私たちの部屋にやってくると、二人はたいてい何もせずに坐っていたり、Yという詩吟を吟じたりする友人と将棋をやっているところを発見されたりしたからである。

やがてOは、二人交替で外を見はるという案をひねくりだした。ブスケがくる時間はほぼ決まっていたから、その前に敵を発見し、それから今までほっておいた実動率の表を書きだしたり、或いは工場内を巡回しだすという作戦である。

この作戦は完全に成功したのだが、気の弱い私はやはり罪悪感のようなものを抱いた。他の仲間たちは油にまみれて旋盤に取り組んでいたり、汗をたらして鉄棒を運んだりしていたからである。それで工場長に、もっと仕事をくれと頼みこんだ。

すると工場長は、ハツリという仕事を与えた。工場の床はコールタールにまみれた木煉瓦のようなもので敷きつめられていたが、これを先の尖った金棒と金槌でほじくりだし、下にある鉛管をむきだしにする作業である。どえらく時間と根気の要る仕事で、私はまもなく厭になってしまったが、自分から言いだしたことだから、黙々として金棒を叩いていた。といって、せっかく掘りだした鉛管がどうされるということもなかった。戦争末期、松根油をとるために松の根っこを掘りだしたのと同じく、ほとんど徒労で阿呆くさい仕事といってもよかった。日曜日も休みでなかった。電休日という日が休日となった。もちろん夏休みも返上である。

その初夏、サイパンのわが守備隊は玉砕し、やがて米軍はグアムにも上陸してきた。そのまえ、マリアナ沖海戦によって、日本海軍は壊滅的打撃を受けていたのだが、もとよりそれはミッドウェー海戦と同様、国民の知るところではなかった。

更に十月、米軍はフィリピンにも上陸した。

たしか秋ころから、配置がえがあって、私は志望した三機工場で旋盤工となって働くことになった。

はじめはなかなかおもしろく、志気も盛んであった。なかんずく突っ切りといって、ほそいバイトで鉄棒をちょん切るのには技術が必要である。強引にやるとバイトが折れてしまう。研磨機でバイトをとがらすのも意外とむずかしかった。私は何回か刃先をかいたので、戦力増強よりも損失をかけたといったほうがよかったかもしれない。

昼休みには、真先にピンポン台を占領してピンポンをやった。そこが使用できなくなってからは、どこかの廃室みたいなところで、ネットの代りに床に板をおき、やはりピンポンまがいのことをやった。

ほとんどが軍国少年であったから、軟派より硬派のほうが多かったように思う。同じ工場に動員されている女学校の生徒といちゃつく者を、呼びだしておどしたりした。呼びだすところは、ずらりと更衣箱の置かれた工場の隅の薄暗い場所であった。みんなはここを、姿三四郎が決闘をした右京河原をもじって左京河原と呼んでいた。

同じ工場に働く学徒に、K商業の生徒がいた。麻布の生徒とお互に反目しあっていた。ところが、麻布の連中のほうが、やはり動員されていた女生徒たちにもてていた。そこで彼らから、麻布は生意気だからといって果し状がきた。麻布の与太者じみた者がこれを受けて立った。私は知らなかったが、その出入りは麻布の惨憺《さんたん》たる敗北に終ったらしい。なにせむこうは喧嘩学校とも言われた与太者ぞろいなので、麻布の出陣者は手ひどく顔を腫らして戻ってきたという。

ともあれ、学徒たちはその当時は少産業戦士として、相当に熱心に働いていた。ときおりは当番を決めていて、他の者が先に帰り、残った者がまとめてタイム・レコーダーを押すというズルもやったものだが。

なかんずく十月中旬、いわゆる台湾沖航空戦として大戦果が発表されたとき、私は大きな旋盤にまわされていたが、工場内にひびくラジオの高声を昂奮して聞き、わくわくしながらバイトをあやつったものだ。このときは沖縄空襲をはじめとして傍若無人に跳梁していた敵の機動部隊をわが航空部隊が台湾東方海上に捕捉し、航空母艦だけでも撃沈破実に十三隻という発表だったから、

「これで勝つ。ついに敵の憎らしい物量の機動部隊をやっつけた」

と昂奮するのも当然であった。

しかし、戦後わかったことだが、これがまったくの誇大も誇大、妄想病患者のような誇大発表で、逆に味方機の損失も厖大で、その証拠にほどもなく敵はフィリピンのレイテ島に上陸を開始したのである。私たちがもっとも真剣に働いたのはこのころまでであったようだ。

戦局が傾くにつれ、殊に空襲が始まって工作機械の疎開が始まると、私たちの仕事が少なくなったし、なによりいかにして多くさぼるかという自堕落の気分に私たちは徐々に陥っていったようだ。

サイパンからのＢ29がはじめて東京を偵察にきたのは、十一月七日のことであった。その後、頻々とあの不気味な空襲警報が鳴りわたるようになる。警戒警報はふつうの長いサイレンだが、空襲警報はいかにも切迫したように不気味に断続してサイレンが鳴った。

Ｂ29ははじめは昼間、高々度を保って飛来した。高射砲の弾幕がその前後に散らばるが一向に当りはしなかった。Ｂ29はいかにもゆうゆうと見事な編隊を組み、しかも驚くほどの速度で辷るように飛翔しながら爆撃していった。その背後に冬空に真白な飛行雲を鮮かに長く引きな

がら。

空襲になると、私たち学徒は近くの池上本門寺に退避することを許されていた。工場内の防空壕がいかにも手狭であったからである。このことが私たちを勤労からさぼらせる要因になったことは争えない。本門寺の広い境内で、私たちは敵機がくるまで野球をやって過した。柔かいボールで、バットの代りに拳に布を巻いて打った。ついつい空襲警報が解除になっても野球のつづきをやり、かなり遅れて工場へ戻ることも屢々であった。

空襲ははじめは昼間だったが、十二月にはいってから夜にやってくるようになった。それも一機とか数機とかが、間隔をおいてしつこく来襲した。そのたびに服を着て防空頭巾をかぶり、非常用のカンパンや薬などをつめた携帯袋を持って待機しなければならず、ずいぶんと神経を病むことにはちがいなかった。

そのうち、私は面倒臭くなって真夜中には一々起きなくなり、空襲になっても寝巻のまま布団にもぐっていた。たまに高射砲の音が激しくなると、暗い部屋からそっと窓を覗いてみるくらいだった。探照燈の光芒が夜空を摸索し、けたたましく高射砲が射っている。舌打ちして、また寝床に戻る。

当然、警戒警報からすべての灯火は遮蔽された。窓にはいつも防空暗幕をはり、光が洩れぬようにされていた。更に防空電球というものがあった。電球の周囲のガラスが濃い藍色に塗られており、先のほうだけ透きとおっていて、たとえば食卓の上だけを照らすという具合である。

煙草の火にしても高空から見えるといって、喫うことを空襲中は禁じられた。私はもちろん煙草をまだ喫わなかったが、小学校時代、箱根でボットル落しの景品として貰った煙草を、従兄たちと庭の隅で吸ってみたことがある。おそろしくいがらっぽく、一度で懲りた。動員時代にも、更衣箱のある左京河原の暗いところで喫ってみたが、やはりまずく、つづけるということはしなかった。一部の不良じみた生徒は喫っていたようだったが。

この年、昭和二十年の上級学校の入試は、繰上げられて一月に行われた。

私が松本に発ったのは一月二十日のことである。慎重を期して試験の三日まえに発った。小学校の修学旅行にも行けなかったし、ずっと戦争中のこともあって、私にとっては生れて初めての長い旅であった。八ケ岳を見、諏訪湖を見、北アルプスの山々を見て感激した。

宿は父の知人の松崎さんが、浅間温泉にとってくれた。疎開児童が沢山いた。この松本行きのことはほぼ「楡家」に書いたとおりである。

ただ最初の晩、風呂に入ろうとしたら、貧血を起して裸で湯殿に倒れた。どういう原因だかわからないが、松本の寒気が凍てつくようにきびしかったせいかもしれない。

試験は、なにせ工場動員で学業をやっていないため、素質を見るという方針で、メンタルテストのようなやさしい問題が、その代り数は多く四十題くらい出された。ほぼ、できた。ただ「たたずまい」という語を入れて短文を作れという問題はしくじった。

あとは「近ごろ感じたこと」とかいう題の作文で、フィリピンの基地を特攻隊が飛び立つニュース映画を見た感想を書いた。作文が入試の半分を占めるというので、二つの作文の添削会にはいっていたが、たまたま私の文章が一等の模範文として活字になったものとほぼ同じ内容である。そのため考える必要もなく、字数もほぼぴったりにまとめることができた。

一日おいて口頭試問があり、更に日を延ばして島々谷へ行ったりして、一月二十七日の午後の汽車で帰京した。途中空襲があり、汽車は停車し、三時間も遅れて新宿に着くと、この日は銀座など多方面がやられて駅は大混雑であった。罹災者たちが多数群れていた。

今回の試験は自信があったし、事実、私はずいぶんとロマンティックな気持で憧れていた松本高校に合格した。

仲間たちもそれぞれ一次校に合格したり、二次校に合格したりして、どこにもはいれない者もあったが、すでに高校の帽子や徽章などを用意し、戦闘帽の代りにそれをかぶってくる者もいた。私も人工的に汚くした白線帽を作り、ときどきそれをかぶって工場へ行った。もう中学生ではないという、多分にエリートじみた優越感を抱かなかったといえば嘘になる。

しかし、やがて私たちは四月から上級学校へは行けず、そのまま中学の動員先で働くということが通達された。いよいよ戦局がさし迫り、学徒を移動させると生産量が落ちるという理由からであった。八月一日に上級学校に入学と決められた。

戦局は急速度に悪化していた。二月十九日に米軍は硫黄島に上陸し、そこが玉砕した三月十七日からほどもなく、硫黄島の飛行場からアメリカ陸軍の戦闘機P51が空襲に参加するようになった。

いや、そのまえから、敵空母からの艦載機がしばしば本土に来襲していたのである。たとえば父は疎開を考え、その前準備として二月十六日に山形へ発とうとした。

「五時半ニ起キ、食事、用意、六時四十分家ヲイデ渋谷駅省線乗場ニ行キタルニ、大空襲ガアリ、汽車ニ乗レズニ、ルックサック負ヒ、汗カキ帰宅。心ヲ静メタ。梯団空襲ト云フノデアル。○午睡シタガソノ間モシキリニ壕ニ入レト云ヒニ来タ○午後四時ニ大決心ヲシテ守谷ヲツレテ上野駅ニ来タガ、乗客ガ割合ニ少ナカッタ。七時ニ改札」

空襲のたびごとに、駅がやられ、電車が不通になるか、大いに遅延した。そのため私たちの工場に出勤する時間もしばしばずいぶんと遅れた。

それにもまして、もはや上級学校に受かってしまったからというので、以前のように教師の目を恐れるということがなくなった。私たちは昼間から堂々と工場を抜けだして、映画を見たり、或いはどこどこが空襲でやられたというと、野次馬根性でその焼跡を見物に行ったりした。すでに本土決戦が唱えられていて、いずれは死ぬ身と本気で考えていたらしいが、心の一部は麻痺していたようだ。

よく友人の家に集まって、長いことポーカーをやった。負けてきてチップ（マッチ棒で代用した）がなくなってしまい、勝っている者から借りるときには、代償として着ている物を一枚ずつ脱いで渡すのだった。それで大勝になった者は、みんなの上着だのシャツだのをどっさり膝の上に積みあげていたし、大負けになった者は上半身裸で、ついにズボンも脱がされ、パンツ一枚でふるえていなければならなかった。

仲間は何人かいたが、そのなかの一人にムクチンという男がいた。中学二、三年のころ、解剖という悪戯がしきりと行われたが、つまり何人がかりで一人の生徒を抑えつけて衣服をすべて脱がしてしまうのである。すると、ムクチンの局部が大人のようになっていることが発見され、以来その渾名ができた。ムクチンはポーカーでもむらがあり、山のように他人のシャツを膝に乗せているかと思うと、次にはあやうく裸にされかけた。

私たちはたしかにどこか自堕落になっており、ときおり強制疎開の家を壊しに行かされたが、ものを破壊することに一種の壮大な愉悦を感じた。まして一軒の家を、壁であれ窓であれ叩き壊し、ロープをつけて引き倒すという行為は、正直いっておもしろいといってよかった。

はじめは学生服を着ていって、工場で作業衣に着かえるのだが、このころは油にまみれた作業衣のまま帰ったり出勤することも多くなっていた。胸には血液型を記した布切を貼った。

一方、月に二十五円の報奨金を、それまで神妙に貯金をしていたのを引出して、ベートーヴェンのレコードを買ったりする者がふえてきた。町には品物がほとんど無くなり、買うものも減ってきていたのだが、レコード屋はちゃんと営業していた。私は音痴だったから、クラシックなど見向きもせず、もっぱら広沢虎造の浪曲のレコードを買った。

どういうわけか、虎造の浪花節が大好きだったのである。発端を強いて考えれば、小学生時代、従兄が川田義雄の「あきれたボーイズ」がやる「地球の上に朝がくる。その裏側は夜だろう」という虎造節をジャズ化した節まわしが得意で、それが私に感染したものらしい。ともかく、松高の試験を受けにゆく前日も、長いこと虎造のレコードを聞いていた。父がふしぎがって、

「そうやると落着くのか」

などと訊いたことを覚えている。

空襲は日ましにひどくなったが、そして被害地区も次第に広くなったが、半ば麻痺した神経のせいか、私たちはまだ内心ではどこかたかをくくっていた。自分の家だけは焼けまいという希望的な観測がたしかに巣くっていたと思う。

この観念が根底からくつがえされたのは、忘れもしない三月十日の夜間大空襲である。それまで夜間の空襲は少数機のことが多かったが、この夜は数機ずつの編隊がごく低空をあとからあとから来襲してきた。

父の日記。

「午後〇時半頃カラB29百三十機来襲、続々ト焼夷弾ヲ投下シ、火災ガ次々トオコッタ。病院玄関ニ焼夷弾ノ器落下、コンクリート破壊、火災ハ南町六ノ108番マデ来リ、根津、長谷寺アタリヨリアノヘン全部焼ケタ」

しかし、この夜の被害地区は浅草、深川、江東地区に甚大であった。その夜、その方面の夜空は赤々と火災に映えつづけた。戦後わかったことだが、この夜、二十三万余戸焼失、死傷者十二万、罹災者百余万人であった。翌日から犠牲のおびただしさの噂が伝わってきた。

そして、江東区に住んでいた仲間の何人かは、その日から工場に出てこなかった。焼死したのである。そのなかに、活潑な右翼少年でよく朗々と詩吟を吟じていたYもいた。仲のよかった彼の死は、数日間信じられなかったが、確実な事実となった。

この日を境として、人々は空襲ではまず死ぬまいという甘い考えを捨てねばならなかった。なにしろ数千発の焼夷弾で焦熱地獄と化した地帯の上に、またもや数千発の焼夷弾がばらまかれるのだ。モロトフのパン籠と称せられるそれは、投下すると途中で炸裂し、おびただしい小型焼夷弾をまき散らした。これではそれまでやらされてきた防空訓練などママゴトのようなものので、人々は逃げるのがせい一杯どころか、今の世では形容もできない累々たる焼屍体を残すという惨状であった。

三月十日の空襲以来、敵は低空からの波状爆撃をしきりと行うようになった。そして、わが方の被害は急速度にふえていった。東京のみならず、あちこちの都市が。

そういうなかで、私たちはなお工場に出勤し、働いたり怠けたりしていた。

学徒がタイム・レコーダーをインチキしたりすることは工場側でも知っていたらしい。そのためかあらぬか、或る事件が起きた。

工場のなかで、一人の生徒が重役とぶつかったところ、重役は非常に怒ってその生徒をなくった。鼓膜が破れた。私たち仲間は憤り、こんな職場では働けぬと教師に申しでた。すると、真面目な忠君愛国者のブスケは立腹した。

「なにを言うか。お前たち、何人も来おって、帰《けえ》れ、帰《けえ》れ！」

とにかく真剣に自分の生を受けた国を勝たせようと立働いていた頃とは、私たちの態度はいささか異ってきたことは確かである。しかし、工場で惰性的に働くのには飽きたが、私たちの多くが本土決戦で敵と刺違えて死ぬ決意を抱いていたことも確かであった。

物資も食物もますます欠乏していた。昭和十九年十一月に姉が真珠湾攻撃にも参加した海軍軍医宮尾直哉と結婚をしたが、その披露宴の席で終りに菓子が出たところ、客の婦人たちはそれを食べず、たいていの人が紙に包んで持帰ったものだった。私の家でも、しげが代用食だといって、お手玉のなかの小豆を出して蒸したりした。砂糖も入っていないのでたいそうまずかった。

町の文房具屋で偶然Gペンを売っているのを見つけたりすると、三、四十箇も買いこんだ。みんながかように買溜めするので、ますます物はなくなった。

三月末から四月にかけ、各地の大空襲も多く、私は一種の終末観、大仰にいうならば全地球の終末観のようなものを十八歳の生理的感傷性のなかで抱いた。

東京へ戻り、いくらかの本の整理もして、本格的な疎開の用意をしていた父の日記の抜萃。

「三月十六日。午後、病院ノ書物ヲバ煉瓦ノ中ノ棚ニ運ンダ」

この煉瓦の建物はむかしの病院の焼け残りで物置として使われ、かつ前部に病院の賄の何斗炊きかの大釜があり、幼いころの私の遊び場でもあった。しかし、煉瓦造りとはいえ窓は硝子もなく開いており、書物をここに移したことも結局は無駄骨折りにすぎなかった。

「三月二十二日。幸田露伴先生ヲ見舞ツタ、浮腫ガアリ、廿四日ニタ、レ、長野県小諸ノサキニ汽車ニテ疎開ナサル、予定、文子サントモ話シイトマゴヒ申アゲタ」

「三月二十四日。夜十一時頃、敵機大編隊ニテ名古屋ヲオソウタ」

「四月一日。朝、入歯ノ金ノ割レタノヲ発見、心痛ス、ソレカラ赤十字病院前ノ村山歯科ソノ他二三人ヲ訪問シタガ皆駄目。○午後一時、黒木君ノ宮益坂ノ大久保歯科医院ニ行ツテ治療ヲ乞ウタトコロガ親切ニシテクレテ午后六時マデカカツテ大体ノ形ダケガ出来タ、○夜間数十機ノB29来襲、照明弾、焼夷弾投下、四時ニ退却セリ。全家族活動」

「四月三日。夜、○時五十分ヨリ四時十五分マデ大空襲アリ、壕ノ中ニテスゴシタ、火事、数ヶ所、爆弾ガシキリニ落ツタ。爆弾ノ音ガゴロゴロト云フヤウニ雷鳴ノ如キガ終夜キコユ。交通機関ヲモネラツタ」

「四月五日。午後七時。小磯内閣総辞職」

なお東条内閣は前年の七月十八日、サイパン島の失陥の責をとって、小磯、米内内閣となっていたのである。

「四月六日。運送屋来リ、突然荷作賃360円請求シタ。ソレヲ200円ニ値切ッテ受取ヲ取ッタ」

「四月七日。朝食ノ最中ヨリ大編隊空襲ノ予報ガアッタ、コノ日、朝九時、会津八一先生ヲ迎フル約アリタルガ、大空襲デハオイデニナラヌデアラウトオモヒヰタルニ、突然オイデニナラレタノデ、茶菓ヲ饗シヰタルニ、爆音ガハゲシクナッタノデ、壕ノ中ニ移リ、徳利三本ヲ干シタコロニ、警戒解除トナリ……」

この日のことは私もよく覚えている。午前中の大空襲のため当然交通麻痺となり工場へ行かずにいたところ、会津氏が来訪された。ずいぶんと体格のよい偉丈夫といった感じの方で、来襲の敵小型機を見物するため、ときたま壕から出て、父と一緒に、

「ほう、ほう」

などと言って悠然と観察していた。

なおこのときは、長年の別居を解消して家に戻っていた母が、壕まで徳利などを運んだ。

「四月十日。午后二時、上野駅ニ荷ヲハコブ〇四時ニ誠二郎ト出発、上野駅人ノ山、人ノ波、如何トモナシガタシ、特別入場券、〇辛ウジテ乗車、七時二十分発車、感謝感謝!!!」

こうして父は生地である山形県金瓶村に疎開していった。

兄は兵隊へ行っていた。女中もみなやめ、婆やのしげや病院の人たちも疎開していった。青山の病院はとうに閉鎖され、世田谷松原の本院は市の強制買上げで松沢病院の分院となってい

た。

青山のかなり広いがらんとした家――書物だけは相変らず跋扈していた――のなかで暮す者は、母と兄嫁と私と妹の四人だけになった。

第十二章　ついに戦災に遇う

家のなかががらんとしても、空襲が日ましに全国都市を焼きはらっても、当時の私はけっこう意気軒昂《けんこう》として暮していた。今にして思えば、一種の麻痺感覚にもつながる裏腹の高揚状態といってもよい。

それに加えて、私たちには情報が欠如していた。インチキな大本営発表により、まだわが無敵連合艦隊はどこかでじっと戦機を窺っているのだと想像した。連日の空襲により、日本が大いに不利な立場にあることはさすがに予想できたが、それでも本土決戦で日本国民の一人一人がそれぞれ敵の一兵一兵と刺違えば、まだ何とかなるというような気持がなお心のどこかに妄想じみて残っていた。

三年ほどまえ、父は家に接する元ノ原の空地のわずかばかりを買い、そこに兄夫妻のための小さな新居を建てた。兄は不在のことが多かったのでほとんど利用できなかったが、いささかの庭もあった。

私はそこにカラシ菜の種子などをまき、またカラシ菜はよく育った。それを味噌汁の実などにすると、いかにも自給自足という言葉に当てはまるようで得意でもあった。

玄関わきの二畳の部屋から、私は前年の暮から二階の兄の六畳の間に引越していた。そして、父の書斎から自分の読めそうな本を持ってきて本棚に並べた。「どくとるマンボウ青春記」にも書いたが、私はこの春を期し、旋盤ばかりいじっていた身から、名実ともに憧れの高校生に変身しようと思ったのである。

上級学校への入学は八月一日と決定されたが、もし入学した学校からこちらの動員先に編入すると通知のあった者は、工場動員を解除され、そちらへ行くことができた。実動率調査をやっていたときの同僚Oも、六高から通知を受け、東京を去った。何名かのものが、こうして工場を去っていった。海軍兵学校などへ合格した者はもちろんである。彼らはやがて休暇に、凜々しい軍服に短剣をつけ工場へ尋ねてきたりして、残った仲間を羨ましがらせた。

工場での仕事ぶりの方は、時により変動があった。一度、小さな分工場へ派遣され、あまりに飯場のごとくしごかれたため、Oなどの発案で、そこの風紀のわるいことを言いたて、本工場に戻ることに成功したのだが、今度は学徒だけを集めた学徒工場というところへ入れられてしまった。そこでは管理も学徒でやるというので、あまり怠けることはできなくなった。そういうときはいやいや働くことは働いた。

日時がはっきりしないのだが、ある電休日、数名の友人と小田急で鵠沼に遊びにいったことがある。

はじめ、下北沢に集まった。ところが、くる電車、くる電車がすべて超満員でとても乗りこめない。そこで私たちは空いている上り電車で新宿まで行き、初発の電車に乗ろうと考えた。新宿に着き、別のプラットフォームへ行き、そこで電車を待った。次の電車がきたので乗客たちは争って乗りこもうとする。しかし、駅員の手によって、みんな引きずり降されてしまった。この電車は回送車だというのである。

にもかかわらず、私の仲間はみんな乗りこめた。というより、「お前とお前、それからそっちの奴」という具合に、駅員が無理矢理おしこんでしまったのだ。

それでも、他に乗客一人もいないガラ空きの電車にゆられている私たち数名は、まだ事態がのみこめず、むしろ愉快がっていた。

そして数駅が過ぎたであろうか、突然、うしろの車輌から一人の若いほんのチンピラくらいの乗務員がはいってきた。

はじめは、彼の口調はとりわけ荒だった点もなく、どうして新宿で切符を買わずに下り電車に乗りこんだか、と尋ねたくらいで、鵠沼行きの切符は持っていたし、私たちは何のことはないと思っていた。

「すると、下北沢と新宿のあいだはタダ乗りしたわけじゃないか」

と、相手は言った。それから、だしぬけにその態度が変った。

「なめるな！　なんだ、図々しく坐ったままでいやがって！」

私たちは仕方なしに起立した。すると、次々に猛烈なビンタを喰らった。相手はチンピラの乗務員で、私たちの仲間のなかには彼より大きく強そうな者もいた。しかし、私たちは黙っておとなしく殴られていた。理屈からいえばたしかにある区間を無賃乗車しようとしたわけだから、逆らえば何をされるかわからないと怖れたからだ。

戦争中、軍人は威張り、警防団の長も威張っていたが、私鉄の職員のなかにも、こうした職権を嵩にきた不良もいたわけである。その点はたしかに万事が殺伐としていた。その根底には、自分らはつかの間を生きているのだという気持が無意識のうちにもあったからかもしれない。

私たちは殴られたあと、どこかの駅に降ろされ、とにかく苦労して鵠沼に着いた。海岸の砂地のうえに寝ころび、いやな体験を忘れようとした。

するとし彼方のかなりの高空に、なにか気球のようなものが幾つもあがっていた。

「あれは新兵器じゃないか」

と一人が言った。

そういえば高空のジェット気流に乗せて米本土を襲う風船爆弾かもしれぬ、と私たちは思った。今考えてみれば、それは単なる観測気球にすぎなかったようだが、新兵器というものに私たちはずっと期待し、待望していた。それだけ戦局が不利だった証拠といえようか。

たとえば夜間空襲のとき、しきりと曳光弾が打上げられたが、それが火の玉となっていやにのろのろと上る。弾丸にしては遅すぎるように見えた。そういうとき、

「あれは新兵器かもしれない」

「ロケット砲じゃないかな」

などと、皆は口々に言った。

中学のままの服装か、或いは入学した上級学校の制帽をかぶった写真を町の写真屋で撮り、仲のよい友人にわけあったりしたのも、四月から五月にかけての頃のことである。いつ何時、ひょっとしたら生き別れになるかもしれなかったからだ。

そういう友人の一人にポケモン（ポケット・モンキー）と呼ばれる背の低い男がいた。小男なのをみんなからからかわれると怒ってみせたりしたが、気性のからっとした気持のよい男だった。なにより剣道が強く、本物の日本刀を持っていて、生きた犬を切ったとか切るとかいった噂もあった。彼もポーカーの常連であったが、入試に落ちてしまったので、いつかは別れるべき運命にあった。

私の家は五月二十五日夜の空襲で焼け、それまでの日記などすべて焼失したと私は思いこんでいた。ところが、ここまで書いてきて、一冊の手帳が出てきた。それは「昭和二十年度日記」と記された小型の手帳で、空襲の際も身につけていて焼け残ったものらしい。一ページを

六つに区切ってあり、毎日の行動などが一行から三行、横書きのこまかい文字で記されてある。

それによると、鵠沼行きの記録がないので、これは記憶ちがいで前年のことであったらしい。ともあれ、少しは日時を遡らせて、いくらかを抜いてみる。

「2月23日。工場へ、三時間以上かかりてつく。雪はスゴいほど。午後、Tたちと夜日比谷『海のバラ』」

「2月25日。午前中艦載機600来襲、午後B29、130。大雪の中で家から近くに火災しきり」

「3月7日、工場、視察の為、超重鉄棒を運ぶ。手に裂傷を受く、嗚呼」

「3月15日。午前中、学校にて教練検定、家で衣類等疎開大整理」

工場動員中でも、教練検定には麻布中へ行ったらしい。

なお、三年くらいから体力検定というものができた。手榴弾投げ、二千メートル競走、俵かつぎ、など幾つかの体力テストがあり、上級から初級までの成績にわかれていた。たとえば俵かつぎは三十キロのもので初級だったが、私は辛うじて初級に入り、手榴弾投げでは初級も取れなかった。

「3月29日。分工場、大いにアホる。夕方少し畠」

「4月5日。分工場、疎開家をブチコワス。大消耗」

「4月7日。朝来B29、120来襲帝都周辺。工場休む。夕方夜渋谷『突貫駅長』」

「4月15日。学徒工場、四時まで。夕方六高より帰りしO来、夜I来」

「4月16日。昨夜10時〜今晩一時にわたりB29、200来襲、省線不通の為工場を休む。スダレより蜂の巣多数発見」

こんな戦局のなかで、私はまだ昆虫を観察したりしていた。

そして、この夜の空襲で私たちが動員されていた大森の中央工業は全焼した。次の日、私は工場付近で焼棒杭と同様の黒焦げの屍体を幾つも見たが、麻痺のためかほとんど恐怖の念は起らなかった。

そのあと、私たちは焼跡の整理をしたり、四日後もなお燃えつづけている石炭の山に水をかけたりしていたが、やがて仕事もなくなり、月の末、動員が一時取りやめとなった。

「4月30日、工場動員、一時休止式、昼ヨリ十二人家に集まり夜9時半まで大いに騒ぐ」

その前にも、私は友人たちと二日間、箱根の山荘に遊びに行き、久方ぶりに早雲山に登ったりしている。また五月から一週間休日となったため（その後もまた一週間休みが継続となった）、五月五日にも二晩泊りで友人と箱根へ行っている。

「5月6日。11時過ぎより早雲、神山頂上を極める。夜を徹して遊ぶ」

これはまさしく末期の戦争のもたらした長い痴呆に似た休暇といってよかった。その間、しょっちゅう友人が訪れたり、或いはこちらから尋ねていった。自堕落な気持と、思春期のごく感傷的な気持とが入りまじっていた。

長々と引用した手帳の終りには、

　こゝろなきうたのしらべは
　ひとふさのぶだうのごとし
　なさけあるてにもつまれて
　あたゝかきさけとなるらむ

に始まる藤村の詩が数篇筆写されている。「小諸なる古城のほとり　雲白く遊子悲しむ」ももちろんあるし、「かなしいかなや人の身の　なきなぐさめを尋ね侘び」「思より思をたどり樹下《こした》より樹下をつたひ」もある。なかんずく「草も木も眠《ねぶ》れるなかに　仰ぎ視て涕を流す」とか「罪なれば物のあはれを　こゝろなき身にも知るなり」という詩句には傍線が引かれてある。とにかく、当時は一億玉砕の決意を裏返して、かなり感傷的であり、「悲しい」詩句を好んで愛唱したものらしい。それはかすかな文学への志向の始まりといってもよかった。

同時に、徳川光圀、蒲生君平、関鉄之助、藤田彪、西郷南洲、橋本左内、山県有朋、乃木希典などの漢詩も記されている。多くは憂国の詩で、当時の誰かの作と思われる「米英膺懲《ようちょう》」と題するものは、

　鬼面嚇来《ル》何《ソ》厚顔《ナル》
　毒牙致処食《フ》㆓羊群㆒
　神明不㆑許妖魔《ノ》跳《ルヲ》

電撃剣光頭足分ル

などという幼稚なものであった。

漢詩を吟ずることは、三月十日の空襲で死んだYの影響であったかもしれない。彼は上級学校の入試に落ちてしまったが、みんなに受かった学校の帽子をかぶれといい「それは麻布の名誉だ」と言った。私は虎造の浪曲と共に、詩吟のレコードも何枚も買ってきて、しきりとYをしのびながら真似をしていたものだ。

さらに当時唄った歌は、これまた時代を反映して、「さーらばラバウルよ」の「ラバウル小唄」だとか、

雨は降る降る　陣羽は濡れる
越すに越されぬ　田原《たばる》坂

という熊本民謡「田原坂」とか、

汨羅《べきら》の淵に波騒ぎ　巫山《ふざん》の雲は乱れ飛ぶ
混濁の世にわれ立てば　義憤に燃えて血潮湧く
ああ人栄え国亡ぶ　盲《めしい》たる民世に踊る
治乱興亡夢に似て　世は一局の碁なりけり

昭和維新の春の空　正義に結ぶ丈夫《ますらお》が
胸裡百万兵足りて　散るや万朶《ばんだ》の桜花

という二・二六事件の青年将校たちが唄った「昭和維新の歌」などであった。

こうした憂国の歌は、当時単純にひたすらに感傷的であった私の心を捕えた。「千曲川旅情の歌」を唄う気持と、それはまったく矛盾しなかった。

もちろん、みんなで配給の酒を持ち寄って誰かの家に集まり、騒ぐときにはこんなふうな歌ばかりではなく、「おれーは村じゅうでいちばん」などというエノケンの物真似などもしきりと唄われたものだった。

五月八日、盟邦ドイツは無条件降伏をした。

そうこうしているうちに五月十六日、学校に集合、千葉の睦部隊に動員されることになったと通達された。怠け癖のついた私たちは、軍隊に動員と聞いて、正直のところガックリした。まず田町にある支部の地下壕掘りをやらされた。崖に大きなずいぶんと奥深い壕が半ば完成されており、これを更に掘り進んで土を外に運ぶ作業であった。むろん本土決戦のための準備である。一緒に働く兵隊たちはおっかなかった。第一、要所要所に銃剣をかまえた歩哨《ほしょう》がものものしく立っていた。スパイを警戒しているとのことだった。

さぼるとか休むとかいうどころではない。それほど殺気立って緊張した雰囲気であった。学徒たちは一日でくたくたになり、私は日記に、「大大消耗！」と記している。六月からは千葉に連れてゆかれ、敵上陸に備えての陣地作りをやらされるという話である。決して臆病の念からでなく、そうなったら本当に殺されると私は思った。敵と刺違えて死ぬのならいいが、軍隊の作業で死ぬのは厭であった。

そこで私の家に数名の者が集まり、上級学校からの入寮を許可するという文書を偽造した。藁半紙に謄写版でそれらしき文句を刷った。首謀者の一人は宇賀田先生の息子さんであった。優等生の彼はこういうとき妙に大胆な智恵を働かせた。学校の印形は手でそれらしいものを描いた。物資のない時代では、そんな粗末な証明書でも通用するだろうと私たちは念じた。

そして、動員で生徒のいないがらんとした麻布中へ行って事務員におそるおそる差しだすと、見事それが通過してしまったのである。これで、死ぬまえに憧れの松本へ行けると思った。松本へ行ってしまえば、知人もいることだし何とかなるだろう。

翌五月二十二日、人のいない兄の新宅に十人ほど集まって、離別の宴を開いた。そのころは、まさしく離別という言葉がぴったりした。二十三日にはまた数名で集まって新しく写真を撮りに行ったりした。

すると、その夜半よりしばらくぶりのB29の大空襲があった。機数は二百五十機で、家の近所に火災が起った。なかんずく、家の裏手の谷間にかなりの火災が起った。

そのとき私はとっさに、これは私の家も焼けると判断した。そこで、兄の新宅のそばに掘ってあった大穴に、妹たちと一緒に布団を投げこみ、土をかぶせた。

ところが、その火災は奇蹟的に消しとめられてしまい、翌日、私たちは苦労して布団を掘りだし干さねばならなかった。母はぶつぶつ文句を言った。

その日も私は友人たちと会い、誰々の家が罹災したということを聞いた。そういう報知もすでに慣れっこになっており、惰性的に渋谷で「日本剣豪伝」という映画を見た。

ふつう大空襲にはいくらかの間隔があるはずであった。しかし、その夜十時過ぎより、ふたたび大規模なB29の襲来が始まった。いわゆる東京最後の大空襲である。

このときの体験はほぼ「楡家の人びと」にそのままに書いた。敵機は低く侵入してくることが多く、一度は防空壕のそばのイチョウの樹の梢すれすれと思われるまでの高度で飛んでいった。その姿は洗練された美の化身とも見えたものだ。

この夜も執拗に連続した波状攻撃である。

夜空が大火災に映えて赤く染まった。対空砲火のほか、B29に追いすがってゆく味方戦闘機の燈火も見えた。わが軍の迎撃戦闘機は陸軍の屠竜、疾風、飛燕、海軍の月光などであったが、いずれも夜間戦闘機としてB29の性能に比べて優秀とはいえなかった。一万メートルもの高々度の空襲の場合、ようやく上昇して一撃すると、もう一度その高度に達するまえに敵は離脱してしまうのである。

これらの戦闘機の搭乗員には覚醒剤、昂奮剤としてヒロポンが与えられたというが、私は中学三、四年のころの学期末試験の際など徹夜に近い勉強をするので、その錠剤を父から与えられたことがある。ヒロポンは戦後、破滅型作家などが常用した薬で、たいてい注射であったが、私が与えられたのは、錠剤であった。家が精神病院だったので、そうした薬も早くから備えられていたのだろう。

ともあれ、ほとんど四方の夜空が紅に染まり、かつ嵐にも似た熱風が吹き起っていた。時間が経つにつれ、空全体が紫がかり、三月十日の夜間空襲のときよりもただならぬ様相を呈してきた。

家の前の道を避難者の群がひっきりなしに青山墓地の方角へ逃げていった。のみならず青南小学校の屋上に高射砲陣地を敷いていた軍隊までが逃げていった。しかし「楡家」の周二そのままに、私は訳もない昂奮に身ぶるいしながら、「まだ逃げるなあ!」などと避難者に罵声をあびせたりしていた。

明治神宮通りから青南小学校の前を通って、御幸《みゆき》通りという広い道があった。今は青山墓地を通過するようになっているが、当時はその手前の崖のところまでしか工事ができていなかった。しかし、かなりの道幅である。そのとき私はこう考えた。あれだけ広い御幸通りのこちら側に人々が集まってバケツで水をかけたなら、青山南町の方角から迫ってくる火災を喰いとめられるのではあるまいか、と。

そう思って単身私は、水を入れたバケツを下げ、青南小学校の前に出る露地を辿って様子を窺いに行った。角を曲った瞬間、息がつまった。猛烈な速度でとんでくる火の粉と黒煙に巻かれて、私はその場に打ち倒れた。それから辛うじて地を這ってその場を逃れた。

そのような危うい目に遭ったにもかかわらず、私はなお家を捨てようとしなかった。病院のまえの家に積んであった薪《まき》が燃えだしたとき、私は兄嫁《あによめ》と妹と三人でバケツ・リレーをしてそれを消しとめた。相当に得意の意識もあった。

だが、しょせんは蟷螂《とうろう》の斧《おの》であることを自覚しないわけにいかなかった。もう避難者の群がとだえてからかなりになる。火の粉の奔流に、空も地もこの世のものならず鳴っていた。

そこで私は、はじめて母たちに避難命令を出した。逃げるまえに、昆虫の専門書数冊と毒管や虫ピンの箱などを砂利の下に埋め、ラジオと兄の登山靴を防空壕のなかに投げこんだ。脳病院の原っぱを通って、私たちは立山墓地に脱れたが、その際、火の粉がはいって、私の片目が半盲になったのも「楡家」に記したとおりである。夜が明けるころ、青山墓地との谷間にある焼けないで済んだA叔父の家に「転進」した。

いずれにせよ、この夜の空襲で、それまで残っていた東京の大半がやられた。翌日、私は自転車を借りて青山通りから渋谷方面を視察したが、一望千里、焼きはらわれ、空洞となったビルや倉だけがぽつりぽつりと建っていた。それは終末の光景であった。

更におびただしい屍体の山が、参道入口に積み重ねられていた。電車通りの防空壕ははじめは素掘りであった。空襲が始まってから屋根がつけられ土がかぶせられていた。そこを掘り起すたびに、黒焦げとなった新しい屍体が見つかった。

青山小学校の校庭で、罹災者の証明書を貰い、炊出しの握り飯を行列して二つずつ貰った。A叔父の家でも食糧が不足しており、

「なんで病院の風呂場にストックしておいた米を、せめてバケツ一杯持ちださなかったのか」

と言われたが、私たちはそんなストックのことは知らなかったのだ。焼跡に行ってみると、なるほど湯舟の中に半分ほど真黒に炭化した米の残骸が見つかった。これはつくづくと惜しかった。病院はとうに閉鎖しており、四人の人間だけが住んでいたが、誰も身一つで逃げるのにせい一杯で、何も持ちだすことはできなかったのだ。

砂利の下に埋めた本と防空壕にほうり入れてきたラジオと登山靴は焼け残った。また空のガレージに入れておいたガラクタ類——鯉のぼりとか古いアルバムなども焼け残った。これは奇蹟のようなものであった。松本へ行ってから、私はその鯉のぼりの布で洋服にツギを当てたし、その兄の登山靴で憧れの上高地にも行ったものだ。また幼少時の写真が少し残っているのもこのガレージのおかげである。

「楡家」のなかで、焼跡で焼夷弾をいじって藍子が負傷してしまう部分はフィクションである。これはもっとのちの空襲で、一友人の家が焼けた。その焼跡を整理している際、彼の弟が不発の焼夷弾の爆発に遭い、全身火だるまになった。体をひっくり返して叩いたがなかなか消えず、消えたと思うとまたパッと燃えあがったそうである。ようやく水をかけて火を消したが、完全

に失神していた。担架で外科病院にかつぎこんだが、美少年であったその弟は顔の半面が無惨に焼けただれてしまっていた。この話を私はのちに聞き、小説にとり入れたのである。

母と妹は三日ほどで、父の疎開している山形の金瓶村に行くことになった。私は兄嫁の父のやっている小金井の精神病院に世話になった。いずれ松本へ行かねばならなかったからだ。

この小金井の病院にきて、瓦礫だらけの熱気のこもった焼跡とのあまりの相違に私はびっくりした。喜ばしい驚きともいえる。庭が広く、くぬぎ林などが拡がっていて、空襲の気配すらもなかった。

私はここで一冊の大学ノートを貰い、新しく日記をつけはじめた。表紙に、

「新篇1　憂行日記　2605・Ⅳヨリ　松本高校理乙　斎藤宗吉」とある。

憂行とは「青春記」にも記した、当時の右翼的な号みたいなものである。2605は日本紀元で、Ⅳは㈥の間違いであろう。なお、裏表紙には、昭和十六年十二月に大木惇夫氏が南方へゆく船中で作った「戦友別盃の歌」が記されている。

言ふなかれ、君よ、わかれを、
世の常を、また生き死にを、
海ばらのはるけき果てに
今や、はた何をか言はん、
熱き血を捧ぐる者の

大いなる胸を叩けよ、
満月を盃にくだきて
暫し、ただ酔ひて勢《きほ》へよ、
わが征くはバタビヤの街、
君はよくバンドンを突け、
この夕べ相離《さか》るとも
かがやかし南十字を
いつの夜か、また共に見ん、
言ふなかれ、君よ、わかれを、
見よ、空と水うつところ
黙々と雲は行き雲はゆけるを。

当時の私にとって、この詩は心情的にもっともぴったりしたものだった。

さて、日記は六月九日から記述が始まっているが、いま読み返してびっくりすることに、そんなただならぬ時代にも私は極めて熱心に昆虫を観察していることだ。

「六月九日。午前中くだらぬ本を読みて過す。親父の歌集を見たきも無し、小歌論を少し読んだが割に面白い。寒雲を得、少しづつ読む積りだ。

午後裏で虫の観察をする。ハルゼミが鳴いて居る。近くでよくその声を聞くのは初めて。エゾハルゼミと一脈相通ずる所があると感心した。雀に追はれた1ちが灌木に逃げ込んだのを得た。クヌギの類の葉を調べる。オトシブミ類の幼ランが多い。ヒメコブオトシブミが普通に見られ交尾してゐるのもある。長さが3㎝~4㎝直径一㎝以上の幼ランがあるがゴマダラのかも知れない。中には右の如き幼虫が居た。(図解幾つか。なお昆虫の記述がつづく)」

更に私はもう一冊の大学ノートに、

「斎藤宗吉　昆虫記　新巻I　昭和二十年五月三十一日より記ス　松本高校　斎藤憂行」

なるものを書きだしている。

これは「思出之昆虫記」と題する、それまでの採集の追憶が十ページ、「採集地の思ひ出I箱根」と題する五ページ、「採集地の思ひ出II　大岳御岳」一ページの他に、それまでに集めた(すべて焼失した)コガネムシの目録十二ページなどからなっている。

また憂行日記のほうにも六月二十七日のあとの「思ひ出I」に始まり八月二十一日のあとの「思ひ出V」にわたり、幼時から自宅焼失までの大ざっぱな記憶が記されている。その末尾の文句。

「火の粉　風のものすごさ　焼夷弾の落下音、火の下を逃げた原への退避、目があけられん時のあの心細さ　寒さ(註。逃げるまえに水をかぶったため)等々、思ひ出す事限りがないが　書いても仕方ない。ここで大体ながら焼けてしまった日記の代りに　大凡の事を書きとめる事をしたので一先づホツとした次第である。又思ひ出を書く機会もあらう」

この「思ひ出」の記のなかで、私がすっかり忘れていたことも書いてあった。

小学校一年のとき、青南小学校でボヤがあった。私は大慌てで教科書をカバンにつめ、学校を出、遠からぬ自宅まで逃げ帰ってしまった。すると姉も帰ってきたが、

「宗ちゃん、もう火事は消えてしまったわよ」

と言うので、私はまた大急ぎで引返した。塀の低い校庭から見ると、もう平静な授業が行われていたので、私は教室まで駈けていった。カバンを手にぶらさげ、おそらく服装も乱れきったまま。すると福岡先生からきびしく叱られた。

しばらく経って、別の生徒がカバンをちゃんと肩にかけて、ごく平然と帰ってきた。すると福岡先生は、

「〇〇はきちんとしているのに斎藤のだらしなさはどうだ」

と、また私を叱った。私は泣きだしてしまったらしい。

いずれにせよ、地獄を思わせる大空襲の火災にくらべ、とるに足らぬ、可笑しい、それだけ対照的で意味ありげな插話である。

そうこうしているうちに、私の松本へ発つ日が近づいた。試験に合格したあと、布団一式と夏冬の洋服一着ずつは松本の知人宅に送っておいたし、また松高生は動員に行っていて寮はほとんど空のはずだし、まず何とかなるだろうという目算であった。

「六月十二日（十日後に、沖縄のわが軍は全滅する）。昨日、松沢（欧洲のモデルの西洋叔父が松沢病院の宿舎にいた）から自転車を借りてきてＡ叔父様のところで泊った。朝、全速力でＹとＹの家を廻って来た。リヤカーにチッキを積み、その上に又リヤカーをかぶせ、農具やらガラクタを積んだものを辛うじて引いて出発したが、重いのには閉口した。ヤッと松沢に着いたが時間的には思ったより速く、二時間足らずだったが世にも稀に消耗した。それから荷が軽くなったので二時間足らずで小金井へ着いた」

「六月十三日。午後松沢へ自転車リヤカーを返し、夜帰った。帰りは京王電車で府中に着いたらマックラでドーなる事かと思ったが、田ンボの道を手さぐりで辛うじて帰りついた」

「六月十四日。朝、進君（兄嫁の弟）とチッキを武蔵境の駅に持って行ったら、３kg多いと云ふので受付けない。如何しても受付けない。駅長のところまでダンパンに行ったが駄目だった。腹が立ったが11時にＴ（従兄）と渋谷で会ふ事になってゐるので、駅の付近にチッキをあづけて3時にまた帰る事にした。渋谷でＴに会ひ、それから玉電にカウモリを口にくはへ、フロシキを腰にブラさげてブラさがって志賀昆虫店（宮益坂から疎開していたところ）へ行ったが子供が死んだとかで駄目だった。大消耗して渋谷へ帰り、東横線に乗り、大井線に乗りかへ、あまりの疲れに居眠りをしたらもう終点に着いてしまったらしい。降りたらなんと溝ノ口だった。コハ不思議と又その電車にのり、逆もどりした。下神明のとこへ来たら止らずに大井まで行ってしまった。そこでツラツラ考へるのにこれから宮尾さん（姉の夫）の家へ行くとトテも間に合はぬと思ひ、又その電車に乗込み、そのまま境へ行ってしまった。トートー昼食を食ひはぐれた。やっとチッキを出して家に着いたら体中がナマってしまった。夜九時頃兄貴（国府台陸軍病院にいた）帰ってきた」

「六月十五日。10時10分の汽車で新宿を発つ予定だった。が制限時間の後だったので猛烈な行列で猛烈に遅れ、新宿に着いたら10時10分前だった。もう汽車は一杯で乗りはぐれた人がウロウロしてゐた。昨日兄貴に書いてもらった、国府台病院の兵隊の名刺も使ふどころでなかった。それで、それでは一列車待つよりないと呆然としてたら窓よりはいる人があるので勇をこして強引に侵入してしまった。立川、八王子辺のこみ方はお話にならず、モー窓からもはいれなかった」

このように甚しく混乱した状態で、私は瓦礫だらけの、あとから思い返せば死と直面していたとも思える東京をあとにした。

何時間もが経ち、塩尻が過ぎると、入試のときに見た懐しい東の王ヶ鼻や西のアルプス前衛の山々が、こよなく魅惑的にまた雄々しく私のまえに現われてきた。

そしてこのあと、私の追憶は「どくとるマンボウ青春記」へとつながるのである。

（お断り）

本書は１９７９年に中央公論社より発刊された文庫を底本としております。

あきらかに間違いと思われるものについては訂正いたしましたが、

基本的には底本にしたがっております。

また、底本にある人種・身分・職業・身体等に関する表現で、現在からみれば、

不当、不適切と思われる箇所がありますが、著者に差別的意図のないこと、

時代背景と作品価値とを鑑み、著者が故人でもあるため、原文のままにしております。

P+D BOOKS

ピー プラス ディー ブックス

P+Dとはペーパーバックとデジタルの略称です。
後世に受け継がれるべき名作でありながら、現在入手困難となっている作品を、
B6判ペーパーバック書籍と電子書籍で、同時かつ同価格にて発売・発信する、
小学館のまったく新しいスタイルのブックレーベルです。

どくとるマンボウ追想記

2015年5月25日　初版第1刷発行
2024年12月11日　第4刷発行

著者　北 杜夫
発行人　石川和男
発行所　株式会社 小学館
〒101-8001
東京都千代田区一ッ橋2-3-1
電話　編集 03-3230-9355
販売 03-5281-3555
印刷所　大日本印刷株式会社
製本所　大日本印刷株式会社
装丁　おおうちおさむ（ナノナノグラフィックス）

ISBN978-4-09-352206-9

P+D BOOKS